秋月诗集

乘着歌声的翅膀

秋月 著

南方日报出版社
NANFANG DAILY PRESS
中国·广州

图书在版编目（CIP）数据

乘着歌声的翅膀 / 秋月著. — 广州 ： 南方日报出版社，2015.9（重印）
ISBN 978-7-5491-1248-7

Ⅰ. ①乘… Ⅱ. ①秋… Ⅲ. ①诗集—中国—当代 Ⅳ. ①I227

中国版本图书馆 CIP 数据核字(2015)第 057886 号

乘着歌声的翅膀

著　　者：秋月
出版发行：南方日报出版社
地　　址：广州市广州大道中 289 号
责任编辑：刘志一　郑颖
经　　销：全国新华书店
印　　刷：广东信源彩色印务有限公司
开　　本：787mm×1092mm　1/32
印　　张：10.375
字　　数：3.5 千
版　　次：2015 年 5 月第 1 版
印　　次：2015 年 9 月第 3 次印刷
定　　价：45.00 元

投稿热线：(020)87373998-8503　**读者热线：**(020)87373998-8502

网址：http://www.nanfangdaily.com.cn/press

真心喜诗心

许钦松

2015 18/5

聽雨叢詩

乙未年

許欽松

题记 /

等你等到天黑　想你想到天亮

因感佩于秋的情怀，月的诗文如水，和秋一起，将这满满的多愁善感、流金韶华泻在了今年这个绚烂斑斓的秋天。

秋——一位商海打拼的民营企业家，情义薄天的才女；月——央企的一名文胆，曾案牍埋首廿载，突然灵通诗泉。秋与月，因为文学艺术爱好走到一起，用阳光和白雪，用欢笑和伤悲，用鲜花和泪水，短短两三个月，写出了300余首感人的诗歌。有古体诗，也有新体诗；有歌词，也有散文诗；有童谣，也有交响诗。秋与月以独有的浪漫情怀和赤子之心，歌颂了人间纯洁美好的爱情、无私感人的亲情、纯洁善良的友情、崇高神圣的家国情怀。

这本诗集，辑录了诗人诗歌共170余首，分为爱情篇，亲情乡情篇，友情篇，家国情怀篇，古诗新韵、禅诗篇和散文诗篇。其中，不乏震撼心灵、感人肺腑的政治诗，如《中国梦舍我其谁》《致祖国》《感恩诗》《我从哪里来》；朗朗上口、情真意切的情歌，如《等你等到天黑　想你想到天亮》《让我怎能不爱你》《心田》《看着你，还想你》《永远有多远》《哪一天》《每一次》《千年等待》《月下葬我》《见与不见》《乘着歌声的翅膀——为门德尔松曲填词》《私奔》《爱无天际》《原来爱是不需期望》《想着你又泪流》；婉约清丽、青春飞扬的校园诗，如《紫荆花开——中大校园之歌》《家乡》《火红的丝巾——赠中大逸仙同学会》；宁静空灵、明心见性的禅诗，如《你懂的》《莲花的泪珠》《佛说》；有为国画、油画创作的配诗，如《塔吉克红——为蒋庆北油画〈塔吉克姑娘〉题诗》《念亲恩》《累的时候》；还有通达古人，堪比唐诗的古句，如《秋江红月夜》《神女赋》《离骚——观刘蒙将军萧后画作》《梦游瑶池咏留别》等。

今天，在这个相对功利浮躁的社会，诗人的诗意才情、浪漫纯真，着实令人感动。其一首首诗歌，唱出了人间的一份真情、一份纯洁、一份浪漫，如诗人的《等你等到天黑 想你想到天亮》所追求和抒发的情愫，恬淡而清雅，堪称中国诗坛最优美的诗歌！当翻开这本诗集时，你会一次次为诗人的情怀而感动，一次次为优美的诗句而感叹！

序一 /

快乐是一个方向

莎士比亚说过："快乐，不是一个地方，而是一个方向。"中国也有句古话："腹有诗书气自华。"文学艺术的兴趣爱好和向往追求，不仅仅为了到达快乐的地方，更是快乐的方向。

近年来，我们大力倡导崇德向善，培育"四心"，即"对国家法规和企业制度有敬畏之心、对企业和家庭有责任之心、对父母和师长有感恩之心、对同事朋友有友善之心"，大力提升员工文明道德修养。同时，针对不同员工的兴趣爱好，成立诗社、文学社、文艺社和读书会等员工社团组织，丰富员工精神文化生活，倡导简单健康的生活，积极营造"工作上积极进取、生活上知足常乐"的氛围，努力把四航局打造成"思想上有追求、精神上有寄托、理想能实现、安全有保障，生活实惠、身心健康"的员工发展平台。

明葵是一名有思想、有志趣、有积淀、有才情的同事，由他负责主编的《四航》杂志连续7年获评"全国工程建设行业金奖期刊"，个人也连续两届获"全国工程建设行业优秀期刊十佳主编"荣誉。工作之余，他爱好古玩字画鉴赏和文学创作，有可贵的审美情趣，且有一颗火热的心，他积极发动青年员工组织文学社、诗社、读书会，业余时间在自家小院自费举办金秋诗歌会、感恩慈孝诗书会、“劳动创造美”文化艺术沙龙等活动，营造了高雅的文学艺术气息。每次沙龙，只要有时间，我都参加，深深地感受到大家对文学艺术的热情和向往，鼓励大家在不同岗位上做好本职工作，培养高雅兴趣爱好，实现更高精神追求，快乐工作，幸福生活。

明葵向来以激情和急才打动身边的同事和朋友，想不到这短短三个月，他和文友用热情和才华，一起创作出了300余首诗歌，或豪情满怀地抒发家国情怀，或婉约清新地歌颂爱情友情，或情深意切地吟诵乡情亲情，或明心见性地禅悟人生哲理。诗韵典雅优美，如宏篇诗歌《贵广交响曲——贺贵广高铁通车诗》，将原本艰苦枯燥的铁路建设，诗话成恢宏磅礴的交响乐章，诗文里流淌着对四航贵广铁路建设者深深的热爱，气势磅礴，荡气回肠。

从明葵身上，可以感受到一个平凡四航人的浪漫情怀和诗情画意，也可以感受到他投身弘扬传统文化，唱响主旋律，舍我其谁的历史使命感和拼搏奉献精神。希望他继续发挥文艺爱好之长，用文学来提升生活和工作质量，用可贵的诗情画意来描绘七彩人生。

梁卓仁

（作者为全国劳动模范，中国交建第四航务工程局有限公司董事长、党委书记）

2015年1月7日

序二 /

读诗闲语

诗集《乘着歌声的翅膀》中的诗篇有抒情诗、禅诗、散文诗，有新诗、旧体诗，题材和表现形式是多样的。创作需要激情，诗歌创作比其他文体创作似乎更需要激情，作者秋月就具有这种激情。据说作者三个月内写出了300多首诗，可谓文思喷涌，诗才横溢，实属不易。当然我并不以为写多就好，艺术创作是不能以“多快好省”取胜的，但也可看出作者具有的诗才。

本诗集分为爱情篇，亲情乡情篇，友情篇，家国情怀篇，以及古诗新韵、禅诗篇等，多为抒发爱情、友情和家国情怀之作，情感真挚。诗言志，诗亦言情，没有情志的诗篇往往流于说教及空谈。《乘着歌声的翅膀》中的许多诗篇是发自内心的，写出了诗人心灵的真实感受，读之感人。

本诗集中的诗篇比较接近地气、接近生活，一定程度上反映了当代人的生存环境与内心世界，给今日一片混沌的诗坛注入了一股清新空气。当诗歌创作被游戏化、快餐化、信息化、碎片化，晦涩难懂、不知所云，甚至以颓废和猥亵为时尚，充斥报刊与互联网的时候，诗人不随波逐流，不去赶时髦，不去写“下半身”，坚持现实主义传统，坚持亲近生活、亲近普通读者，确为难得。

好的诗要营造意境，要有新颖而奇特的联想。诗集中有些篇什确实打动了我，如《思念》：

思念
是一片林，
静静的我浓，
静静的我疏，
不留一片荫。

思念
是一片山，
幽幽的我远，
幽幽的我近，
不留一处青。

思念本是一个抽象的东西，作者通过联想，用树林的浓疏、青山的远近、时序的变移、空间的虚实，将静静的幽幽的绵长而纷乱的思念，化成了林和山的形象，营造出一个诗的独特意境。这是好诗，诗集中不乏这样的好诗。

作者重视我国古典诗歌的传统，重视韵律，许多诗篇具有音韵美，读之朗朗上口。叠句或叠唱也是古典诗歌的一个传统，一咏三叹，反复往来，确能收到加深情感的效果，但也不好多用，多用则会造成篇什的雷同与拖沓。

以上闲语，愿与诗人秋月共勉。

范若丁

（作者曾任花城出版社社长兼总编辑、

《花城》杂志主编，著名作家，中国作家协会会员）

2015年9月2日

序三 /

心忘方入妙　意到不求工

在人生的旅途上能找回自己的甚少，而已到不惑之年又以诗的豪情来抒发自己的胸襟更是难能可贵。肖明葵先生与王继秋女士合作了《中国梦舍我其谁》。吟诵其诗令人感慨万千，作为平凡的儒士、才女，有如此胸怀和担当，使同道起了一种钦佩之感，这样朴素而含意深远的句子，非真切、笃厚、虔诚所能泉注。胸中波澜起，笔端风雷声。舍我其谁的浩然正气唱出了中华民族雄浑博大的风骨，唤醒了国人追寻伟大中国梦的美好夙愿。铿锵雄厚的语言是发自心灵深处的一声呐喊！

今展读二位厚厚的诗稿，感到沉甸甸的。其诗作记名胜，抒感怀，悟炎凉人生，文思清明率真，以诗歌记述人生的心路历程、交友情怀及报国的赤诚热血，淋漓尽致。从中不仅得到诗韵之美的艺术享受，还得到生命历练的哲学睿智。二位希望我观后写些文字。写感言绝非易事，二位才华横溢，加之长于诗文研究与写作，唯恐点评浅陋，有负于斯，就权当一次学习吧！

每个人都有他必经的人生之路，无法超越时代，余与二位机缘巧合，以共同的意趣，交流过几次，印象颇深。二位寄情抒怀的快乐和忧伤及慷慨激昂之词，不仅仅是他们个人的情感倾怀，也大体是这代人的共鸣音，相比欣赏作者的诗艺至境，我更为看重它的内涵中“史”“哲”的元素。

诗稿分为六部分，从形式上以现代自由诗为主，有些非格律的古体诗，像是词的长短句，凝练隽永，芳醇爽口。从中可以看出作者研习古典文学和博学多才的深厚功底。触景移情，典入自然。既有古人逸风，又不乏当代人的视觉和喟叹。其诗共有的品质，真、善、美，而真情为最。清代恽寿平有诗曰：“心忘方入妙，意到不求工。点染横斜处，天机在此中。”余不多言，就让我们步入诗境之中徜徉陶醉吧！

贸然说辞，语难其当。收笔之际，忽然感到一种悲凉。人生如白驹过隙，不过百年而已，有文字传世，又实为一种幸福。把自己的心展开给别人看，首先要有一份信任与坦诚，仅从这点讲，我由衷地敬佩二位诗人，真心地感谢他们把自己的血汗之花奉献予世人，这将是一件很有意义并值得庆贺的事。

白金尧

（作者为中国美术家协会会员、中国书法家协会会员、中国艺术创作院花鸟画院副院长、郑州市美术家协会主席）

2015年元旦于尚真堂

序四 /

诗言志之美

中国人自古以来，就讲“诗言志”。这个“志”讲的是志向、抱负、思想、感情，总之诗是在吐露作者的心声。秋月先生的诗，让我透过朦胧看见了作者美好的心灵。

“乘着那歌声的翅膀，我来到你的花房……”这首歌让人想起朱自清的小诗；“徜徉在山光水色中的我们，陡然都默契了”把我们带进无边的美好的田野，让我们和作者一起去喜悦和欢畅。

我喜欢他的《中国梦舍我其谁》，它轻轻地唱出了时代的声音，让我们去感受中国男儿与天公试比高的豪气与情怀。

我喜欢他的《佛说》，写得如此缥缈空寂，让人穿过时间的隧道，去听释迦牟尼讲述的“性空缘起于苦乐，然园外月朗星稀”。

我喜欢他《故乡的云》里的诗境，不管是悄悄地来，还是悄悄地走，家乡美丽的云霞如油彩、牧场、墨龙、青鸟，总在梦里萦绕缠绵。

在诗坛上有许多才华横溢的人物，随着年龄的增长，渐渐地佳作越来越少，而秋月先生进入中年后，他的诗才像一轮喷薄欲出的太阳，欲将他的激情射向人间，祝秋月先生诗运长久。

刘蒙

（作者为中国人民解放军少将、著名诗人、书画家、刘伯承元帅之子）

2014年12月31日

序五 /

滚烫的诗意

我对诗歌了解不多，从未想过为诗集作序，盛情难却，只能说点题外话。

我了解的明葵是央企的一名文化宣传工作者，有热情有才华，勤于企业公文写作；没料到他能够在繁忙的工作之余潜心创作，写出一首首滚烫的诗歌。相识多年，我也是借此再了解他。

不知道是有意还是无意，明葵的诗歌不太在乎外在的形式。一路读来，直接的感受是“带着温度的简单”。“简单”的所指，既有内容，也有形式，但最主要的是能够近距离亲切感知的种种意象。简单并不意味着平淡，朴素的字词、简短的语句、亲切的意象交融在一起，组成了一首首带着温度的、有着情感和味道的诗。所以，作为读者，我感受到这种强烈的、直白的情感，直抒心意，带着三十七八摄氏度体温，一切才情燃烧后又归于文字的宁静，所谓不锻炼以为工，所以才给了我“滚烫”的感觉。在明葵这里，诗就是生活，就是情感，就是每天的心跳、入夜的梦。

收在这个集子中的作品大多数是成于2014年，或许是明葵积年喷薄而出，或许是潜心思索的顿悟。能感受到他灵魂深处的剧烈的冲撞，或者是冲动。当一个诗人，似乎很容易，其实很难。这是整个集子给我的感受：诗歌和诗人都充满了矛盾，既美又有刻骨铭心的痛，既渴望共鸣又极度自恋，“等到天黑又想到天亮”，想倾诉又不知道对象，既有幽忧之疾又是自得之乐。是不是说，最美的痛苦总是流淌在诗歌里？

杜胜熙

（作者为中国交建党委工作部部长、

企业文化部总经理）

序六 /

记 忆

人生的记忆，大都是碎片化的片段。

有些记忆，美好温馨，璀璨辉煌，愉悦身心，终生受用。

有些记忆，刻骨铭心，悲痛欲绝，宁愿忘却，挥之不去。

人生的记忆，无论留恋抑或抗拒，都会成为辞华妙韵的文学。

“只是因为在人群中多看了你一眼，再也没能忘掉你的容颜，梦想着偶然能有一天再相见，从此我开始孤单地思念。想你时你在天边，想你时你在眼前，想你时你在脑海，想你时你在心田，宁愿相信我们前世有约……”音乐诗人、灵魂歌手李健的《传奇》，以通透空灵的纯净旋律红遍大江南北。随后的《风吹麦浪》——“远处蔚蓝天空下，涌动着金色的麦浪，就在那里曾是你我，爱过的地方……这秋天的景象，就让失散的誓言飞舞吧，随西风飘荡，就像你柔软的长发，曾芬芳我梦乡……想起你轻柔的话语，曾打湿我眼眶……”以悠扬旋律、梦幻意境勾起人们对乡野的美好向往。

李健以独特的音乐魅力点燃了人们心灵深处渐行渐远的神圣记忆。

“两个黄鹂鸣翠柳，一行白鹭上青天。窗含西岭千秋雪，门泊东吴万里船。”语不惊人死不休的诗圣杜甫，以一横一纵、一迎一送的自然景色、人间仙境激起了人们诗化记忆中的千层浪花。

千古才女李清照的《一剪梅》——“红藕香残玉簟秋，轻解罗裳，独上兰舟。云中谁寄锦书来？雁字回时，月满西楼，花自飘零水自流，一种相思，两处闲愁。此情无计可消除，才下眉头，却上心头”，以多情隽丽之笔无数次唤起有情人心中般般柔情蜜意。

改朝换代的家国印记，当涤荡于历史前行的必然；冤冤相报的世族家仇印记，当消散于绅士式的高贵握手。再回首，原来所谓的“历史”可以如此淡定、雅致、深邃……

人的一生，懵懂孩提游戏、羞涩稚嫩初恋、激越校园励志、而立事业功成、不惑知遇知音……百岁相濡以沫……多少生命行走追忆、多少人生理想追寻、多少纯真爱情燃烧，原本会在一生一世的历经中，哀叹青春记忆不再，岁月沧桑断肠，然而，自己也成了绝妙好辞的优秀蓝本。

记忆漠然于时空，也见胜于时空，在百转千回的感慨中迷醉，在体验现实迷恋幻想中见证审美魅力。

一切记忆，都保存着悲喜交集的情感遗留。一切情感遗留，都体验着温暖牵连着疼痛。一切温暖疼痛都以人生代价救赎。

《秋月诗集》恰似一串记忆的珍珠瑰宝，把人生历程散落于时空的碎片记忆，大浪淘沙串成珍珠瑰宝——不仅仅为胆识、勇毅、智慧、信念、梦想而陶醉沉湎，更为真心真情砥心励志携手一路前行而珍重自勉。

记忆中的美，只等你发现，从未走远……

谢显杨

（作者为《跨越》杂志总编）

目录

爱情篇

亲情乡情篇

友情篇

家国情怀篇

古诗新韵、禅诗篇

散文诗篇

爱情篇

AIQING PIAN

乘着歌声的翅膀

——为门德尔松曲填词

乘着那歌声的翅膀，
我来到你的花房，
徜徉于如水月色，
沉浸于满房花香。
幸福的眼泪飞上夜空，
化作漫天星光，
姑娘的花房池水泱泱，
洒满我的心房。
姑娘的花房池水泱泱，
洒满我的心房。

我的心房在欢唱，
你的明眸荡漾，
你如涓涓的溪泉，
静谧欢乐多希望。
安详在你的柔情里，
在欢乐溪水里，
化作一朵白色浪花，
灵动晶莹闪亮。
化作一朵白色浪花，
灵动晶莹闪亮。

喜欢玻璃花房的阳光，
花海彩云菲芳，
我的心房在梦乡，
我的思念长长。
我的思念长长。

姑娘的花房鲜花烂漫，
你的眼眸清凉，
静静躺在苔塬上，
听风吹动浮云，
划过山林亲过田潭，
送来泥土气息，
还有那花草的芳香，
让我灵魂怅怅。
还有那花草的芳香，
让我灵魂怅怅。

乘着那歌声的翅膀，
我来到你的花房，
欢快的歌声流淌，
让我喜悦欢畅，
让我喜悦欢畅，
喜悦欢畅。

（2014年11月27日）

塔吉克红

——为蒋庆北油画《塔吉克姑娘》题诗

在那遥远的西域
有一位塔吉克姑娘
那是天神的女儿
一身红霓裳
温暖喜庆又端庄
宝珠的首饰玉佩响
那是草原
的掌上明珠在帐篷闪亮
神奇又美丽

在那高远的天山
有一位塔吉克姑娘
那是山鹰的女儿
一双大眼睛
清澈宁静又渴望
满月的笑靥醉山红
那是大山
的精灵公主在冰山歌唱
恬静又美好

在那杳远的新疆

有一位塔吉克姑娘
那是华夏的女儿
一脸高原红
厚重勤劳又善良
如玉的肌肤却黝亮
那是英雄
的美丽花儿在人间开放
心向又神往

（2014年11月9日）

秋江红月夜

秋水兴波涌花城，青穹红月照空濛。
粼粼波光映万里，何处秋江似羊城。

彩龙出江衔琼玉，火树银花妆长堤。
蛮腰玲珑嫦娥女，双塔煦曦俊后羿。

水天一色阑珊重，旖旎秋夜圆月红。
夜江流彩舞粉练，花船璀璨出龙宫。

江岸何人思相见？婵娟何日降人间？
人生何处逢知己，红月难得探穹宇。

夜色朦胧多微语，但叹江清习风徐。
谁家乘舟作夜游？何人踯躅古骑楼？

车龙灯河游街区，树影婆娑牵情侣。
灯红酒绿尘嚣去，纤指香烟袅袅起。

可怜红月独徘徊，寂寂星空多寥兮。
但叹江火岸树孤，佳人清影弄玉湖。

马灯黄昏锈斑斑，昨夜年少诗苍凉。

江水遇秋虽潮平，却留沧桑脉脉情。

夜来紫荆一路花，月下杜鹃满城红。
不知红月几时归？不知婵娟何时回？

辞去寒露乘秋风，更凌秋波上长空。
直上九天把月揽，月临园空照君郎。

（2014年10月11日）

见与不见

见与不见
或许你言无所谓
我在这里
盼你
如星曜曜

来与不来
或许你语无所从
我在这里
等你
似水脉脉

爱与不爱
或许你说无所属
我在这里
恋你
如月柔柔

舍与不舍
或许你觉无所依
我在这里
伴你
若山皑皑

（2014年10月22日）

月下葬我

这多年来
我在世上企盼
受尽苦厄劫难
历经颠倒梦想
终于等来了你
几世缘分修来的你
修来几世缘分的你

这个秋天
紫荆一路花开
杜鹃满城锦簇
一切皆是为你
让我想放声大哭的你
初见就难以割舍
初别就不堪思念
永驻心头的你
心头永驻的你

多少世
我们曾在一起
你的双眸含春
你的红颜倾城

你的智慧灵动

那一世
你是宓神
我是后羿

过一世
你是虞姬
我是项羽

再一世
你是媚娘
我是李治

后一世
你是朝云
我是东坡

又一世
你是卓玛
我是嘉措

缘来缘去
聚少离多
多少次不圆满

修成今天圆满

虽然
没有月光常照
没有鲜花常伴
没有终日厮守
但
每一天的牵挂陪着你
每一刻的思念想着你
每一分的甜蜜因为你
没有相见便觉相知
不但相知而且相爱

虽然
没有花前月下
没有举案齐眉
没有鱼水之欢
但
每一首诗里有你
每一次回眸有你
每一分想念有你

不负如来不负卿
不负卿不负如来

我
不看天上的云彩
放下眼前的风景
忘却手中的时光
恋恋不舍地爱恋着你
就怕你会失去
更怕会失去妳

缘分有时短暂如电
爱情总怕凋谢如花
我用菩提心去抚慰
让爱情的花儿嫣然开放
让缘分的树儿长青参天
或许你会忽然不见
或许你惜无缘伴侣
只为修得来世相伴
请在月光下把我埋葬

（2014年11月8日）

思念

思念
是一片云，
轻轻的我来，
轻轻的我去，
不留一抹红。

思念
是一片叶，
悄悄的我翠，
悄悄的我坠，
不留一丝彩。

思念
是一片瓣，
艳艳的我放，
艳艳的我落，
不留一缕香。

思念
是一片林，
静静的我浓，
静静的我疏，

不留一片荫。

思念
是一片山，
幽幽的我远，
幽幽的我近，
不留一处青。

思念
是一片塘，
寂寂的我深，
寂寂的我浅，
不留一方影。

（2014年10月22日）

看着你，还想你

看着你
还想你
如回眸的鸿雁
声声眷恋

牵着你
还想你
如蜿蜒的秋涧
潺潺流恋

拥着你
还想你
如山间的红叶
浓浓依恋

吻着你
还想你
如远乡的牧笛
悠悠思恋

爱着妳
还想你

如远野的花儿
深深绻恋

（2014年11月1日）

千年等待

走不尽千山万水
看不完山花烂漫
千年等待
只在雪域中甸
伊在格桑花间

览不尽文山书海
读不完诗经子集
千年等待
只在蒹葭汀洲
伊在秋水一方

写不尽人间诗话
书不完神话传说
千年等待
只在沱江古城
伊在梦里水乡

愁不尽一江秋水
悲不完冷月当空
千年等待
只在千里婵娟

伊在天上宫阙

悟不尽菩提枝叶
梦不完庄周彩蝶
千年等待
只在圣洁雪峰
伊在独转经筒

说不尽人间沧桑
道不完儿女情长
千年等待
只在蓦然回首
伊在灯火阑珊

（2014年11月4日）

心田

我愿化作一朵云
从你的眼眸微微飘
留一丝念想

我愿化作一枝花
在你的身旁静静开
飘一抹芳香

我愿化作一株草
在你的脚下默默长
植一片绿柔

我愿化作一棵树
在你的头顶寂寂茂
种一方荫凉

我愿化作一泓水
在你的影里幽幽深
泛一方遐想

我愿化作一座山
在你的背后巍巍屹

立一处依傍

我愿化作一片天
在你的身上轻轻照
放一世疼怜

（2014年11月1日）

相爱

相爱是一泓渴望
山水相依却多波澜
心灵飞翔总有阻断
月亮飞下一叶舟船

相爱是一缕目光
含情脉脉却含泪光
众里寻他灯火阑珊
月亮飘下一树桂香

相爱是一丝惆怅
相拥很暖身却孤单
相吻很长心淌忧伤
月亮泻下一米河床

相爱是一弯羁绊
人在身旁心却躲闪
千年相聚怎能离散
月亮种下一圈篱墙

（2014年11月7日）

永远有多远

不管路有多远
总想去远行
爬山外山
飞天外天
到太阳最近的地方

不管心有多远
总想去探访
探水中月
访镜中花
到云水如诗的地方

不管梦有多远
总想去追寻
追千秋业
寻梦中人
到梦想成真的地方

不管永远有多远
总想去穷尽
穷万重山
尽千江水
到心无所住的地方

（2014年11月19日）

秋天的童话

在满山醉红的飞舞中
片片红叶
飞落了
对伊的相思
那是诗一般的女孩
从绚烂的秋色中
向我飞来
热情又浪漫

在满野金黄的缤纷中
朵朵银杏
飘落了
对伊的相恋
那是梦一般的女孩
从蝶舞的秋意中
向我扑来
朦胧而多彩

在满乡阑珊的淅沥中
珠珠雨滴
湿落了
对伊的相怜

那是仙一般的女孩
从惆怅的秋韵中
向我飘来
忧伤却善良

（2014年11月22日）

你在我的世界

你若天际的霓虹
梦幻多彩
悬于雨后
洁净的天空
或许
你本在另一世界
因为
我用纯洁的泪水
洗净了
天际的尘垢
将你留下
我珍惜
你在我的世界
永远绚丽

你若天边的飞瀑
神奇晶莹
挂在岩前
青幽的天空
或许
你本自另一世界
因为

我用空灵的心胸
涤净
天边的喧嚣
将你留下
我珍重
你在我的世界
永远宁静

你若天野的葵花
金黄灿烂
开在绿原
翠绿的天空
或许
你本属另一世界
因为
我用忠诚的阳光
扫净了
天上的阴霾
将你留下
我珍爱
你在我的世界
永远坚贞

（2014年11月23日）

哪一天

我不知
哪一天
你已到我的面前
将无限的爱怜
如月光
洒在我的泪前
让无尽的牵挂
如丝网
罩在我的魂前
让我茫然
让我绻缱

我不知
哪一天
你将离我而去
将无穷的思念
如月牙
悬在我的眉前
让无声的哭泣
如洪水
淹没我的灵魂
让我困顿

让我纠挣

我不知
哪一世
我们曾经相恋
也不知
哪一天
我们不再相恋
让无边的爱恋
如轮回
转动我们的缘分
让无止的爱境
如水月
梦幻我们的灵魂
让我向往
让我感恩

（2014年12月5日）

灯里的女郎

寒夜孤行
风中摇曳
一盏红红的灯啊
温暖了我冰冷的心房
灯里走出一个女郎
她的慈悲善良
如菩萨心肠
怜我疼我
含情脉脉
只因
我是她前世的君郎

雨夜独行
巷中孤寒
一盏红红的灯啊
照亮了我迷惘的心房
灯里走出一个女郎
她的美丽浪漫
如仙女下凡
爱我惜我
柔情满满
只因

我是她前世的情郎

长夜歌行
梦中阑珊
一盏红红的灯啊
点燃了我向往的心房
灯里走出一个女郎
她的才情满怀
如月宫嫦娥
我诗我唱
痴情潺潺
只因
她是我前世的女郎

（2014年11月26日）

一个人

一个人很美
把心来绘
妙笔翠微
生花吐蕾
星月曦晖
伊人相陪

一个人想醉
把梦来追
心驰绪挥
霓霄虹魁
诗酒当随
伊人抚慰

一个人憔悴
把魂来飞
长堤云堆
松下诗会
月光如水
伊人泪垂

一个人心碎

把情来坠
云山蔚嵬
思念高垂
蝶恋花卉
伊人辞归

一个人无睡
把命来毽
思念何赘
长夜烛煨
流光煌辉
伊人无悔

一个人无泪
把伊来会
华灯璨璀
花船彩缀
执子之手
伊人相偎

（2014年11月25日）

其实无所谓

其实
你在不在乎我
我本无所谓
因为
我心阑珊
年华若水
岁月流金
我心歌唱
为心而歌

其实
你爱不爱我
我本无所谓
因为
我情悲壮
岁月若歌
我情歌唱
为情而歌

其实
你眷不眷我
我本无所谓

因为
我行苍凉
苍凉若梦
我梦太息
为梦而歌

（2014年11月23日）

或许

或许
灯火已灭
阑珊不在
伊在凭栏
江水空流
独临伤悲

或许
山月已空
星辰不在
伊在听潭
夜岭空寂
独步伤悲

或许
苍天已老
浮云不在
伊在登高
天际空旷
独啸伤悲

或许

青丝已雪
朱颜不在
伊在望月
年华空白
独泣伤悲

或许
明朝已到
今日不在
伊在涉川
岁月空灵
独辞伤悲

或许
昆仑已览
四海不在
伊在神游
万般空无
独笑伤悲

（2014年11月24日）

新娘

一个如玉的女孩
做了别人的新娘
曾在我的面前
晶亮
露出白珏的光芒

一个如花的女孩
做了别人的新娘
曾在我的面前
开放
袭来玫瑰的暗香

一个如梦的女孩
做了别人的新娘
曾在我的面前
遐想
飘洒春雨的丝长

一个如蜜的女孩
做了别人的新娘
曾在我的面前
恬淡

悠然蝶恋的欢畅

一个如仙的女孩
做了别人的新娘
曾在我的面前
轻扬
舞起长袖的霓裳

一个如诗的女孩
做了别人的新娘
曾在我的面前
吟唱
浪漫秋红的阑珊

（2014年11月10日）

每一次

每一次的花开
总在风雨前
总要承受
花放后的凋谢泪溅

每一次的邂逅
总在分别前
总要历经
相聚后的离别苦迁

每一次的忧伤
总在快乐前
总要交集
悲喜后的爱河深浅

每一次的爱恋
总在今世前
总要轮回
相思后的旷世奇缘

每一次的魂飞
总在哭泣前

总要激荡
奔放后的情欲缠绵

每一次的归去
总在悲伤前
总要哀怨
相爱后的难舍难分

（2014年12月5日）

其实很想走

冬雨的街灯凄迷闪烁
路上的雨伞让人难受
其实很想走
到阳光明媚
芳草萋萋的绿乡
让一个人的世界不再怅惘

斑驳的老街沧桑湿漉
古老的水井青苔裸露
其实很想走
到天真无邪
亲人都在的童乡
让一个人的世界不再冷惨

爸妈的身影佝偻薄单
曾经的健朗而今蹒跚
其实很想走
到亲戚满满
亲情浓浓的故乡
让一个人的世界不再孤单

你我的眼里可否悲伤

浪漫的怀里装满哀肠

其实很想走

到梵音缭绕

无牵无挂的佛乡

让一个人的世界不再忧伤

（2014年12月3日）

依恋

伊在远方
想着
我心流泪
盈盈洋洋

伊在远乡
恋着
我心淌血
凄凄殇殇

伊在远山
依着
我心向往
峨峨苍苍

伊在远川
拥着
我心颤抖
澹澹漾漾

伊在远泽
牵着

我心系缆
跌跌宕宕

伊在远天
吻着
我心月弯
酥酥痒痒

（2014年11月12日）

花祭

春暖
满野桃林
花放如霞
随春风起舞
落一地粉红
送来桃花仙子
可醉
花香花气花仙

夏暑
满塘青荷
菡萏如琼
临池风玉立
擎一塘清凉
送来荷花姑娘
可采
莲叶莲花莲蓬

秋凉
满篱黄菊
缤纷如梦
摧飒风飘落

舞一泉峡蝶
送来月亮仙子
可爱
秋月秋山秋水

冬寒
满枝梅花
墨淡如烟
沐冰雪傲立
绽一树清气
送来白雪公主
可怜
玉树玉花玉人

（2014年11月23日）

拈花醉

冬日煦，
游园与，
满树火红朱蝶雨，
一袭粉裙桃花衣，
当冬景春戏！

棉絮飞，
竹海翠，
满枝粉黛朝霞蕾，
一路翠荫青幽迴，
爱花林熏醉！

松风亭，
林溪静，
满楼山歌飘青云，
一涌溢彩梦幻映，
拈花枝波凌！

佳人归，
魂飞追，
满园碧枝彩云蔚，
一人柔情月下坠，
怎一个美字了得！

（2014年11月18日）

红围巾

一抹粉霞
映照雪峰的冷美
那是伊的红围巾
神奇而冷峻
逸着伊的洁白和高贵

一层红林
斑斓黛岭的艳美
那是伊的红围巾
潇洒而帅气
拢着伊的飒爽和彩晖

一枝玉桃
灿烂春山的娇美
那是伊的红围巾
温柔而浪漫
映着伊的花容和葳蕤

（2014年11月20日）

一俩知音一阕诗

心相依
心相依
连理长枝连理知
平湖总有涟漪
涟漪又多云气
不言花开花落时
总有芳草月下痴

君来兮
君来兮
舟遥棹飞盼君意
风飘飘兮吹衣
水涓涓兮太息
登皋望江辞千里
一俩知音一阕诗

（2014年11月20日）

离骚

——观刘蒙将军萧后画作

我愿作你衣，
吻你玉相依；
我愿作你发，
扬你秀相逸；
我愿作你眸，
传你情相守；
我愿作你颀，
诱你欲相亲；
我愿作你手，
牵你柔相绰；
我愿作你臀，
圆你梦相见；
我愿作你足，
伴你膝相促；
我愿作你君，
依你爱相馨。

（2014年10月17日）

婵娟

人间留情，
辞去蟾宫，
姣姣明月笼晓烟。

飘零相思远，
浮生萦云难相见，
千里念婵娟。

情义盖天，
离骚犹憾，
何况饮鸩为屈原。

婷娉销魂颜，
一枝花放瑚琏滟，
让人怎不恋？

（2014年11月19日）

晓港晨歌

一树红花，两堤浪漫；
两亭滟色，一派浮华。
一处碧树，两种风姿；
两潭波光，一样相思。

（2014年11月24日）

悒郁

一潭碧水愁千尺
万重青山泪尽湿
愁云怜见愁风雨
天生一个痴汉子

（2014年11月13日）

半

半天烟霞半天星
半江红霓半江青
半个新娘半个郎
半份相思半份情

（2014年11月29日）

秋葵

沃野玉株翠，
青钟篱边垂，
寂寞几丛绿，
一抹相思坠。

（2014年11月8日）

南歌子

——题范蠡西施诗

一痴一醒间，佯狂独明见。
唏嘘倜傥智人贤，平吴霸越助勾践。

一生一世恋，舟西施去远。
嗟叹浮海多爱怜，千年陶朱留怀念。

（2014年11月30日）

南歌子

——沙面夜

江上流彩湍，
岸上烛灯暖。
惆然酒吧泪盈眶，
兀起披衣听箫管。

琼林花船耀，
行人笑语遥。
前世夫妻前世娇，
但有情怀还似旧梦俏！

（2014年12月1日）

私奔

一条蟒龙腾云碧天，
心也漂浮在蔚蓝的海天，
只因爱的太深太眷，
却无法总在你的身边，
只想与你牵手远游天边，
将你我的甜蜜拥吻紧握眼前。

我想带着你私奔，
不想在爱河里沉沦，
除却迷茫将幸福抓紧你我之间。
我想跟着你私奔，
不想在煎熬中无眠，
翻越阻挡将美好开放星河之间。

我想和你一起私奔，
不想在思念中周旋，
紧抱着你将爱情奔放真情人间。

（2014年12月18日）

云上的世界

常常
把心胸撕裂成天空
因为要架起最美丽的彩虹
也把眼神传送如清风
因为要吹动天上的彩云
还把泪水溅落如新星
因为要装扮漆黑的夜空
更把神魂骑上飞龙
因为要御览云上的仙境

常常
把赞美送给七彩的天空
因为上帝不经意的调色从容
满天都是心醉的姹紫嫣红
也把感叹送给温暖的晴空
因为笑嘻嘻的太阳公公
让天宇只有暖春没有寒冬
还把想象送给梦幻的云空
因为天庭的画神笔落如风
千姿百态的瑞兽云海汹涌
更把思念飞向缥缈的天穹
因为梦中的女神云裳仙容
唱着悠长的牧歌我飘向云中

（2014年12月19日）

想着你又泪流

想着你
又泪流，
不知是感动，
还是牵挂？

想着你
又泪流，
不知是前世的召唤，
还是今生的苦难？

想着你
又泪流，
不知是无尽的惆怅，
还是情海的舟亡？

想着你
又泪流，
不知是刀剑的刺痛，
还是花放的雍容？

想着你
又泪流，

不知是天神的泪水，
还是夜空的星雨？

想着你
又泪流，
不知是拥吻的渴望，
还是分别的悲伤？

想着你
又泪流，
不知是殉情的河殇，
还是无期的盼望？

想着你
又泪流，
不知是月下的埋葬，
还是无言的凄凉？

想着你
又泪流，
不知是今生的守望，
还是来生的无常？

（2014年12月22日）

原来爱是不需期望

原来爱是
不需期望
或许会如此的凄惨
最爱你的老人一个个仙亡
他们爱你想你在天堂
你爱他们想他们真很难
偶尔梦中相见却泪满衫

原来爱是
不需期望
或许会如此的冷场
你最爱的孩子渐渐地长大
飞出家巢四处闯荡
远离漂泊是无情答案
常回家看看只怕情愿一厢

原来爱是
不需期望
或许会如此的孤单
你最爱的人儿总不在身旁
最爱你的人儿也总在眺望
相思相离在拷问情关
默默祈祷融化爱情的高寒

（2014年12月22日）

等你等到天黑　想你想到天亮

晨光把蓝色的忧郁洒满天边
我打开眼帘
独往飘浮不定的云间
不看尘世的深深浅浅
却把等待的时光埋在花间
饮一杯咖啡
用醇美的香甜
静静地等待
等你等到天黑

星光把躲闪的泪花开放窗前
我打开心房
独留寂了无息的潭涧
不往人群熙攘的坊间
总把思念的时光留在心田
啜一盏清茶
用淡淡的茗香
轻轻地想念
想你想到天亮

（2014年12月23日）

让我怎能不爱你

我曾如风
肆意行
自由来往于天地
但混沌的凡尘
妄图
让我佝偻于无奈的尘埃中
我仁者无敌
心怀纯真
但世俗的目光
试图
把我扼杀于平庸的死气中
我笔落苍穹
血荐轩辕
只为惊诧风云魂梦
然
天下尽是寒宫
我御苍龙怕冻
只有你
降临如春风
温暖了今年的寒冬
融化了久闭的锦宫
你

双眸的莲花玲珑
鼓励我拔剑冲动
内心不再惶恐
让我怎能不爱你
我的春风

我曾如虹
逍遥弄
梦幻于广阔的天空
但仓皇的恶魔
带来凛冽的北风
冰封了所有的河流
我壮志凌云浩荡中
梦想
在爱情的冰河上架起彩虹
但啼笑的妖魔
眼角上失去了爱的行踪
刺骨的寒冷萧刹摄人弦弓
我无畏无惧
心怀勇猛
只为架起美丽的彩虹
然
寒天零落知音
我豪情冲天却冷
只有你

温存如彩虹
吻干了我的眼泪
抚平了我的伤痕
你
双手的柔软细腻
爱抚我的心碎心疼
内心不再伤痛
让我怎么不爱你
我的彩虹

（2014年12月24日）

我来这世上只是场约会

所有的拥有都是负累
只为天上的彩云飞
还有眼角的泪水坠
我来这世上
只是场约会
和前世的亲人相偎
此情只待来生追

所有的爱恋都是忏悔
只为山上的鲜花卉
还有睡梦的彩蝶飞
我来这世上
只为场约会
为前古的老庄立碑
此生只待你来会

所有的来往都是轮回
只为心田的菩提慧
还有生命的无怨悔
我来这世上
只因一场约会
和心灵的感动交会
此生只待无牵累。

（2014年12月26日）

你说你爱我

你说你喜欢山，
当要攀越危岭的时候，
你却因为高远而害怕躲远。

你说你喜欢水，
当要横渡江海的时候，
你却因为浩渺而自甘沉沦。

你说你喜欢云，
当要翱游蓝天的时候，
你却因为高寒而堕落埃尘。

你说你深爱我，
当要拥抱明天的时候，
你却因为羁绊而无法团圆。

（2014年12月26日）

让生命去等待

血红的杜鹃花开
因为四季的常在
风雨飘摇后霜雪可來
专为素白的慷慨
还有秋天金黄的安耐
让生命去等待
你我的不在

血色的黄昏霞霭
因为日月的喝彩
霓虹绚烂后星光还來
只为漆黑的无奈
还有街灯阑珊的理睬
让生命去等待
你我的将来

（2014年12月26日）

月光曲

——平安夜为贝多芬《月光奏鸣曲》作词

月光如水
轻轻地泻在窗前
外面的世界
静静的
清清的
如水洗过
皎洁一片
心爱的人儿啊
你的踪影还未出现

月光如纱
薄薄地笼罩房前
外面的世界
朦朦的
胧胧的
如雾浮过
缥缈水面
心爱的人儿啊
你的清影依稀可见

月光如歌

亮亮地洒在门前
外面的世界
晶晶的
莹莹的
如风吹过
风铃响动
心爱的人儿啊
你的倩影飘来叩弦

月光如步
细细地响在楼前
外面的世界
碎碎的
脆脆的
如雨溅落
惊我思魂
心爱的人儿啊
你的丽影开我情门

月光如语
丝丝地垂在眼前
外面的世界
幽幽的
柔柔的
如帘卷烟雨

娇音缠绵
心爱的人儿啊
你的芳影偎我胸间

月光如梦
飘飘地萦在魂前
外面的世界
曼曼的
妙妙的
如仙入凡尘
荡人心魂
心爱的人儿啊
你的佳影长留梦田

姑娘啊
你可知道
你的美貌月色花容
你的曼妙月宫嫦娥
你的柔情月光如水
你的朦胧月华如雾

姑娘啊
我仰望月宫
拨动心弦
弹响了我的爱慕与思念

姑娘啊

我沐浴月光

指飞琴键

奏响了对你的向往与爱恋

（2014年12月24日）

你等我

你等我
一起到秋山
看满山的红叶
在一轮红月下
在你我梦中
如蝶翩舞

你等我
一起到秋水
看满涧的清泉
在一盘银月下
在你我心中
如龙腾舞

你等我
一起到秋天
看满篱的金菊
在一眉新月下
在你我怀中
如缎彩舞

你等我

一起到秋夜
看满天的星光
在半弯月弦下
在你我眼中
如珠亮舞

你等我
一起到秋月
看满山的秋
在云水月诗里
在你我生命里
如魂神舞

（2015年1月2日）

生命是如此的凄美

生命是如此的凄美
我用菩提心来抚慰
虽然天空也很累
我用一片落叶来相随
溘然太息卧黑土睡
吐一芽绿眉
说自己的憔悴与无畏

不知这山这水
我还能不能风月追
将天上的行云流水
化作对你的相思泪
虽然昨夜星辰已坠
我心上的人儿你别飞
我要和你梦沉睡

哎
让你太累
我自忏悔
用来世的等待来忏悔
请别恕我罪

我自在高贵
梦里依稀前岁
你我山河里迷醉
或许爱神将我逼追
我也不想如此为

哎
请让我恕罪
我的幸福你加追
来生相报何必催
青山绿水白云蔚
我自溪边把心碎

（2015年1月6日）

亲情乡情篇

QINQING XIANGQING PIAN

十八塘人

十八塘旁山青青，
十八塘里水盈盈，
如问何人十八塘？
十八塘人真清灵。

十八塘边草菁菁，
十八塘里鱼群群，
再问何人十八塘？
十八塘人好精灵。

十八塘畔石峋峋，
十八塘里波粼粼，
还问何人十八塘？
十八塘人笑麒麟。

十八塘上天晴晴，
十八塘里龙吟吟，
敢问何人十八塘？
十八塘人露龙鳞。

十八塘外云轻轻，
十八塘里雾莹莹，

莫问何人十八塘?
十八塘人乃仙君。

（2014年10月18日）

童年的歌谣

时光荏苒
往事如昨
难忘童年
流淌欢乐的乡间
总爱
溪边戏水
河里摸鱼
稻田钓蛙
树上掏鸟
竹竿粘蝉
满山遍野地跑
村里田间地闹
还有爸爸的猎枪
和大哥的渔网
妹妹的花衣蝶
和弟弟的风筝鹞

时光蹉跎
往昔如烟
难忘童年
溢满开心的小镇
总喜

滚铁环
打弹珠
拍纸牌
抽陀螺
跳井格
大街小巷地跑
房前屋后地闹
还有爸爸的大单车
和大哥的绿军帽
姐姐的连衣裙
和弟弟的纸飞机

时光飞梭
往事如电
难忘童年
充满亲情的小院
总见
奶奶洗菜
妈妈晾衣
爸爸烫鸭
姐姐生火
哥哥拔毛
弟弟赶鸡
灶旁厨边地跑
节前年后地闹

还有满院的芙蓉花
和满墙的丝瓜
红红的鸡冠花
和垂垂的腊香肠

时光幻梦
往昔如歌
难忘童年
怀旧伤感的脑际
总想
慈祥奶奶
勤劳父母
花月姐妹
顽皮兄弟
淘气伙伴
魂牵梦萦地想
挥之不去地念
还有我的严师
和曾经同桌的你
豆蔻的玉女
和青涩的记忆

（2014年11月12日）

辞母

苍苍云鬓白
涟涟母泪来
娇娇儿辞别
暖暖母亲怀

蹒蹒母迟步
涓涓父泣楚
声声儿难舍
茫茫母泪枯

（2014年12月5日）

游海鸥岛

——赴母亲马凤兰寿宴有感

江阔秋风爽
海鸥飞三两
喜见佛光照
月挂彩云祥

驱车羊城郊
抛离车海嚣
沙洲一孤岛
珠水边逍遥

鸡鸣龙眼树
鸭戏芭蕉熟
犬吠菊篱下
野菜香灶厨

偷闲伴寿星
农庄做渊明
千秋隐士梦
悠悠君子心

（2014年10月3日）

爸妈的房子

爸妈的房子
过去在古老的街市
那里
马墙飞檐
瑞狮镇门
万盛商号
曾经辉煌一时
太公的福荫
泽被几世

爸妈的房子
过去在深山的老林
那里
山清水秀
梯田满岭
唐家祖祠
曾经诞下龙嗣
山村的农家
育下娇子

爸妈的房子
过去在沧桑的古镇

那里
白墙黛瓦
麻石铺路
东陂老街
曾经文风肇始
寒窗的苦读
造就才子

爸妈的房子
今天在秀美的江城
那里
南山翠微
旭岭锦绣
临街旧屋
曾经喧闹孑时
楼梯的邋遢
煎熬游子

爸妈的房子
明天在芳菲的花城
那里
园林秀丽
清泉飞瀑
电梯洋房
曾经期盼一世

明媚的高楼
欣慰孝子

（2014年10月29日）

望乡

浮云难越万重山
游子萍聚一水张
无限惆怅望苍茫
但思爸妈在故乡

（2014年11月11日）

梦乡

白天疲惫
夜晚无睡
一生憔悴
最美的是梦醉
沧桑的宋城
和烟雨的楼台
青石的老街
和幽深的古巷
古老的年岁
悬挂记忆长廊的前缀

白天香烟
夜晚失眠
一生无怨
最爱的是梦见
年老的父母
和久违的兄妹
久别的山水
和永别的祖母
遥远的故乡
汹涌思念海港的岸陲

白天烦累
夜晚无泪
一生不悔
最甜的是梦会
前世的仙缘
和今生的爱人
温柔的双眸
和温存的顾眷
永恒的爱恋
缥缈长夜梦乡的醺醉

（2014年12月7日）

归乡

——赠刘蒙将军

芙蓉花放玉带锦
青鹅砖砌东坡井
南康多少才子乡
风流高士耀群星

南山崔嵬多神灵
文峰山下文昌星
草鱼柴扉扣门问
妇人便知东坡君

山清水秀十八塘
千年玉蛟修湖塘
蓉江浮桥乌龙潜
明葵聊斋汗青卷

将军威武故乡行
宋城赣州稼轩君
八境台上再点兵
长戈战戟军魂兴

人杰毓秀赣江红

芦花飞黄红叶峰
通天岩刻古今事
驿站古道戎马偬

人生何需衣锦裘
中年归来乡情久
客家情怀多文武
不做名仕誓不休

（2014年10月21日）

家乡

家乡是幅永恒的画卷
青山绿水长着我的魂
烟雨楼台让童年记忆长存
东坡老街响着我的声
乡野田间让蹉跎岁月青春

家乡是卷优美的诗篇
南山神话传于乡间
文峰龙湫让文风清泉涓涓
蓉江古镇多少坊贤
东坡古井饮文昌星赚诗仙

家乡是份悠长的情牵
父老乡亲淌着我的念
老街老房让乡情亦深亦浅
大川小溪载着我的恩
老爸老妈让孩儿梦里常见

（2014年12月5日）

念亲恩

乡情无限长，
两鬓已飞霜。
长袖驾清风，
魂飞泣南山。

少年多壮志，
白首归来迟。
常念双亲老，
佝偻身孤凄。

母爱如江水，
绵绵我心碎，
挑灯缝衣袜，
冰雪事泥水。

慈父似山雨，
淅淅我心沥，
四街揽工活，
夜夜电车衣。

更忆祖母慈，
暖暖如冬衿，

热菜暖衣奉，
千层布鞋织。

曾经富贵家，
改朝成寒娅，
三老如寒鸦，
风雪育我雅。

我哭祖母逝，
泪洒青天湿，
我爱父母亲，
文采留汗青。

子游江东西，
子览山南北，
何时辞山水？
归来孝恩亲。

（2014年10月23日）

赣州赋

——为刘蒙将军墨宝《观海听涛》赋

（史海钩沉，登楼观鉴，如临波涛，听歌一片）

滚滚赣江北去，
多少楼台烟雨中。

八镜台下，
炮守家园，
东坡诗话，
墙上荻花飞，
一城巍峨满江碎。

蓟门楼外，
江阔涛汹，
武穆免屠，
虔州陷沙场，
一轮明月悬孤城。

郁孤台上，
菩萨蛮唱，
稼轩点兵，
山翠浪涌，
金戈云烟没，

一腔铁血满江红。

望阙楼边，
树色千家，
经国治赣，
草木蕃丽，
亚若情深依，
一夫爱恋望天涯。

古今多少英雄，
爱江山，
更爱美人，
且当观海听涛，
情到深处满涕落，
更难堪，
云去山千重。

（2014年10月23日）

南康赋

——赠刘蒙将军、梁董

岭深挹翠城
蓉江拥古镇
山川秀江南
人杰泣鬼神

振衣欲飞天
难舍美人间
南山青峻嵬
云深有神仙

稻香千村田
农家多乡贤
树碧万重山
柚蜜沁垄间

章河凝玉翠
芙蓉花放醉
长堤草亲水
塔秀半城睡

玉虹卧江峡

汪洋涌鳞甲
两岸芦花飞
垂柳拂晚霞

雾锁独秀峰
龙湫戏游凤
东坡游南康
乡人兴文风

青墙乌瓦黛
遗宅幽翰彩
卵石径苔绿
老巷古井在

旭山葬英雄
南山祠百宗
岭间炮竹隆
将军祭祖功

康中一状元
今奉主公贤
夜来访双亲
情深泪满眼

人生几多梦

童年多憧蒙
最爱家乡美
蛟龙游青幪

（2014年10月26日）

将军瑞金行

——赠刘蒙将军

天青青
水蓝蓝
竹翠草绿鸟鸣欢
将军访赣情深长

山高高
岭莽莽
农家田舍桂花香
红军遗址瞻徜徉

沙洲坝
叶坪村
樟树参天红井深
缅怀父辈为民生

旧土房
小阁楼
泥墙斑驳旧照映
父帅运筹誉战神

马嘶嘶

炮隆隆
炮火连天喊杀声
枪林弹雨破敌阵

书朗朗
兵列列
野木荒草练精兵
父帅军校将才英

情款款
语锵锵
老表慕爱刘帅好
将军苏区忆父亲

日丽丽
风飒飒
苏区军民鱼水情
乡亲情谊赠将军

（2014年10月26日）

赣州行

千里江山行
青嶂云烟濛
台榭夕阳照
章贡如玉虹

长垣荒草劲
古墙苔染青
登楼凭栏吊
泪盈湿青巾

嗟叹贺兰山
郁孤台上桑
唏嘘田螺岭
经国故居瞻

城阙映秋树
飙风催叶红
将军访六境
石楼古炮鸣

远山翠色堆
两江碧纱垂

远望沙汀外
白鹤塔萦飞

角楼唢呐响
城下陀螺转
喜见美新娘
婚纱花池相

旖旎古城秀
千年多风流
游子今归来
将军兴同游

多少楼台景
尽入诗画情
但念千山外
故人正思君

（2014年10月24日）

小重山

竹林沙鸥浅滩鸣，
燕隼掠江心，
鱼跃惊。

南康胜景比桃源，
浮桥依，
山水赛边城。

蓉江老衔上，
宋人旧肆坊，
古巷幽。

欲将乡情共相酌，
东坡街，
乡邻喜相迎。

（2014年10月23日）

故乡的云

轻轻的我来
正如轻轻的我走
我怅然叹息
带不走
故乡漫天的云彩
朵朵絮花
绽放天涯
群群牛羊
游牧云野
天上飘浮的是
故乡美丽的蓬莱

悄悄的我走
正如悄悄的我来
我沧然离去
挥不去
故乡七色的云彩
琼琼霞光
壮美如海
缕缕金华
火烧山外
天上油彩的是

故乡仙界的楼台

默默的我来
正如默默的我走
我颤然而泣
留不住
故乡神奇的云彩
墨染灰宣
真龙飞天
铁水铄原
青鸟鸣涧
天上梦幻的是
故乡游子的情怀

（2014年12月5日）

爱无天际

当山村的天空
响起婴啼
满野李花
烂漫天际
奶奶的慈祥目光
和细语安慰
爸妈的劳碌奔波
和怜爱无悔

当古镇的深巷
书声清脆
寒舍苦读
满墙清晖
姊妹的长发青辫
和花容月色
兄弟的童真顽皮
和嬉戏无畏

当京师的学堂
紫藤花醉
书海泛舟
雪松凝翠

发聩的名师言威
和满堂荟萃
卧谈的同窗无忌
和梦话无睡

当花城的云山
星月如微
行云苦旅
不辞心累
无边的逡巡踽躅
和满心憔悴
无尽的枯灯笔耕
和心灵纯粹

（2014年11月7日）

表哥亲

——赠表哥朱日森

赣南多表亲
最亲表哥情
相爱胜手足
悌我情长青

北门岭背村
表哥最青春
少年喜入伍
英俊军装衬

军中为楷模
书画挥翰墨
才华军中扬
归乡辞零落

领衔民兵营
建设家乡勤
又司城管局
规划南康新

市政不辞累

满城新景翠
最喜蓉江畔
江景陶人醉

表哥不恋功
秉从孝义忠
母瘫几年载
侍奉必亲躬

更赞其侠义
冬风寒冰气
忽闻人落水
跃江救美急

还羡表哥慈
双儿成骄子
一子上尉官
一子为学师

表哥赞我常
忠孝义相谙
祖母侍如娘
孝敬可文章

同根不同枝

表哥不彼此
我游父母远
表哥孝敬挚

将军来赣南
表哥多激昂
军营无限情
家宴酒酣畅

常念家乡亲
因有父母亲
今有表兄情
更觉乡土近

（2014年10月28日）

桂树

——赠表哥吴斌

遥念故里十八塘
乡府百年桂树香
浓荫华冠盖乡土
表哥贤能百里扬

常忆当年太公祭
我立山头迎风泣
表哥携手相扶暖
我辈自当如山屹

今秋南康喜鹊鸣
我陪将军访乡邻
表哥尽献客家谊
将军亲民欢笑盈

表哥如桂气香雅
憨直纯朴如树丫
表哥如山稳定安
胸如熏岭不见崖

（2014年10月28日）

梅花村

——赠表哥陈琳

梦里梅花雪满枝，
小院依稀径已失，
但叹蹉跎花枝憔，
能有几人还相知？

（2014年11月4日）

秋醉

——赠向武表弟乡游

千岭青嶂欲滴翠，
万峰白雾乳纱帏，
秋去家国层林碧，
难得点红思秋醉。

回望云山百花盛，
一江秋水养羊城，
还忆兄弟登高处，
兴国山巅沐秋风。

（2014年11月1日）

天湖山

——赠八匹马董事长陈世壁表弟

千仞峭岭入云霄，
巅峰山色天子骄，
龙卧仙湖烟带溪，
农家学子御颜笑。

闽越连嶂壁海峡，
屏南竹茂绿万家，
徒步访山习大大，
表弟握手少年恰。

（2014年11月4日）

1989年，习近平任福建省宁德地委书记，多次深入山野乡间考察民情，还上了代溪镇的天湖山，过去天湖山曾是闽东重要的反空降地域。代溪镇距天湖山还有十几公里的山路，习书记仍是坚持徒步上山。途经福善村，习书记和大家一起到一户群众家中，喝了点水，稍稍休息，继续往上走。走了近三个小时山路才到达天湖山。当时我表弟陈世壁是村里唯一的高中生，刚好那天从屏南三中回家，在陡峭羊肠山路上遇到习书记。乡干部介绍表弟是山里的秀才，习书记很高兴，上前亲切握手，鼓励表弟好好学习，学有所成。美好记忆表弟常记心里。

秋乐

——赠凯越小朋友

彩霞红万里
碧波随风起
秋来夜渐凉
携犬江边嬉

外婆声慈祥
妈妈绵如羊
幸福小王子
气宇真轩昂

曾经雅园笑
谁家少帅小
界碑前敬礼
出将破拂晓

（2014年10月5日）

我的宝贝

——新年赠吾儿天耀同学

新年的星星在眨眼
新月的晖亮照床前
宝贝
在你的生日来临前
我想起你的可爱童年

珠江口的伶仃洋蜿蜒
你的呱呱落地惊动了虎门
当年的硝烟迎来了你的啼声
虎年虎月生应似唐寅
可你胖乎乎类弥勒转生

你从小乖巧让爸又疼又怜
握你小手幸福感特深
你的天真可爱如阳光照人间
不舍我的宝贝却无奈离分
爸爸漂泊海外工地只为谋生
每想我的宝贝肝肠欲断为思念
归国入关见儿粉如玉泪飞溅

可怜爸妈望子成龙你少天真

学小提琴黑管小记者你可厌
风雨中爸妈撑伞护你上学远
瘦小的你肩上的书包沉甸甸
没完没了的作业课外辅导员
幸好你依然童趣可爱享天伦

转眼间一年过了又一年
当年的懵懂孩子已是英俊少年
眉宇英武帅气让庸俗汗颜
为炼男儿气概你天天做俯卧撑
爸爸欣慰你博览群书学养厚生

一直怜爱幼小善良的你
因为愧疚你深
不是金钱和时间
而是过去梦魇妖魔的恐惧现
这种伤害不在一时之间
爸爸护你疼你有无限

而今你的叛逆却让爸郁闷
真担心你忘了夏爷爷教诲声
真修养才能成就你的人生
爸曾经劝诫几番纠结
最后爸决定给你足够的空间
你任性相信你也能行

果真你拿了两科状元献

我高兴短暂却无言
宝贝你长大的路又长又险
只有任性没有认真怎吉贞
没有毅力和勤奋怎能安身
爸愿你健康平安有幸福人生
望你自强不息孜孜奋斗一生
因为爸不知何时还在人间

（2015年1月1日）

友情篇

YOUQING PIAN

紫荆花开

——中大校园之歌

齐聚青青的绿草坪
我们把中山瞻仰
在那满树的紫荆花下
把逸仙精神传唱

徜徉长长的林荫道
我们将胸襟敞亮
在那满园的紫荆花下
把博学的情怀点燃

漫步幽幽的荷花池
我们让心镜明亮
在那满岸的紫荆花下
把审问的火花舞灿

端坐静静的小礼堂
我们听名师畅讲
在那满校的紫荆花下
把慎思的隧道打亮

走过穆穆的永芳堂

我们把人生悟穿
在那满眼的紫荆花下
把明辨的智慧奏响

肃立苍苍的状元坊
我们盼真理流芳
在那满怀的紫荆花下
把笃行的歌谣欢唱

紫荆花开
我们手拉手
我们友情流长

紫荆花开
我们手拉手
我们智慧璀璨

紫荆花开
我们手拉手
我们齐筑辉煌

（2014年12月3日）

赞云怀道人

——赠白金尧画家

叶穆清静花妙香，
云怀空灵雀羽响；
啼鸣林枝更悠扬，
道人为我下燕山。

艺林妙品诗书画，
禅道意味物外云；
十八水墨胜石涛，
方塘砚池书元章。

人皆仰慕八大哥，
我独崇敬金尧兄；
寻常花木皆有禅，
灵雀影里尤有道。

谋面虽短小一旬，
谈古论今已知音；
他日京城香山红，
云山珠水正待君。

（2014年8月5日）

逍遥乐

——赠金尧兄二

花梨案台墨飘香，
芦穗摇曳雁歌长；
菡萏娉婷塘清凉，
雀鸟嬉戏画神酣。

墨池激荡三千层，
笔下花木已出神；
湖毫游走九万里，
纸上仙鹤更闻声。

（2014年8月17日）

知音

——谢金尧兄挥毫《秋江红月夜》

南国儒溪一叶舟
一棹荡波诗书愁
鸿雁衔来长宣卷
满纸墨宝情谊稠

（2014年11月9日）

仙人会

——赠白金尧张玉芳伉俪

古来贤人皆为仙
躬逢中土名仕筵
今访白兄书画苑
古琴箜篌在人间

美哉轻盈妙女缘
壮哉高音曲水间
我爱夏商古都邑
一片真情你我见

（2014年11月20日）

天荒

——赠金尧兄

天荒云寒冷水气
桃李不言自成蹊
但执谦卦得意趣
可得水墨乾坤语

（2014年11月21日）

窈窕

——赠小才女白洁

盈盈女窈窕
幽幽眸熠耀
漆漆墨翰香
淙淙琴瞻眺

（2014年11月20日）

秋色赋

——赠秋哥

丽女才气秋风起，
枫叶灿烂诗文寄，
红林斑斓几人见？
但解西洋画中意。

玉颜芳华倾羊城，
花气熏人醉凡尘，
谁人只羡天仙女，
秋天童话一女神。

（2014年10月27日）

仙女歌

——赠解砚老师

乌发飞瀑柳拂春，
明眸印潭鱼雁沉，
巧笑倩兮一美人，
应是世外仙女神。

倩影娉婷抹微云，
丽音珠玑响空灵，
秋水远山赛天庭，
女仙可知人间情？

（2014年10月27日）

六境

——赠妙琴

檀燃室溢香
舍静心无想
茶妙品六境
空灵却铿锵

（2014年10月10日）

旗袍女

——赠嘉嘉

美艳旗袍裳
春绯桃花芳
销魂妩媚眼
玉藕酥心房

娉婷美仕女
窈窕优雅丽
绝色鸿雁惊
仙落凡尘里

（2014年11月2日）

山夜

——赠陈正汉兄英雄会

夜来秋更凉，
星穹织女亮，
山空只树影，
溪林唯泉响。

灯笼百盏红，
风摇人朦胧，
峰腰松云语，
火寨凤凰城。

梦回沱江边，
烛船河满浅，
无忧多祈福，
仙境在凡间。

（2014年10月18日）

木语雅院

——赠古石家陈强

秦岭崖上柏
雅院房中栽
深山万年根
木语逸香彩

斑斑旧石刻
悠悠庭院歌
杳杳家国事
苍苍青石河

（2014年10月5日）

火锅烟雨

——赠飞飞同窗

冬雨的寒冷凄离
今被同窗的友情扫去
点燃熊熊的篝火
围炉将满桌的荤素肉鱼
饮红酒醉聚

微醺的女生在朦胧中谈起
不经意的分享一曲
却让男生的一首诗勾起
嘭嘭嘭的心跳意
如满锅的沸腾蒸汽
把往昔的初恋感觉升起
可惜难有当初的境意
让人今晚怎睡去

原来这是别开的爱情火锅戏
无意的提琴一曲
却让两人同气
共缅青涩的情谊
让人不敢生气却着急
虽是不经意的游戏

边吃火锅边回忆
只叹一切都是天意
岂是火锅吃出情义
只关往事如烟雨

（2014年12月28日）

珠玉宝光

——赠万丰国际董事长马亚胜同窗

满堂的金玉，
恰来三月的春雨，
将山川的锦绣尽润清渠，
碧叶的翠玉、
凤凰的红翡、
剔透的水晶、
晶莹的玉石聚天地的灵气；
玲珑的玛瑙、
玖瑰的碧玺、
毓秀的石脉蕴慧心的文集。
怎不让我目不暇及？

亚胜的宝光，
正如十月的高爽，
将凡尘的雾霾尽扫，
三分的贵人、
三分的凡人、
三分的小人、
凭你如炬的目光厘清，
十分的智慧、
十分的慈悲、
将你事业的乾坤扭定，
怎不让你宏图戏大鲸？

（2014年12月28日）

生日快乐

——赠家娟同事

你的生日
有我的感动记忆
孤单的我漂泊凄雨
黄埔村教学楼里
我举目无亲暗自泪泣
你的母亲待我如小弟
温柔的笑容荡漾家姐情义
豆蔻的你舞起花蝶衣
你的可爱让我开心让阳光洋溢

你的生日
有我的感叹记忆
如花的你青春美丽
中央台广告里
那大连娇美新娘就是你
儿子认真地说长大要娶你
你的清纯可爱让童言无忌
他的朦胧让人可笑让你也不生气

你的生日
有我的感赞记忆

新娘的你爱情甜蜜
你的新婚花房里
拖曳的婚纱让你洁白美如玉
搭飞的追你的新郎幸福得意
转眼间牵着宝宝喜归乡里
我家花园里还有你们的笑语

你的生日
送上我的祝福语句
在昨日的童话故事里
在今天的微信鲜花里
在红红的生日烛光里
在宝宝的牙牙学语里
也在我和你爸妈长辈的关爱里
祝你生日快乐
祝你家庭幸福

（2014年12月28日）

家国情怀篇

JIAGUO QINGHUAI PIAN

中国梦舍我其谁

大宇苍苍
大荒莽莽
大中华我们唱响

群山峻峦
峰谷回转
我自高歌山回荡

碧水悠悠
大爱无疆
柔情徜徉我慈航

步履铿锵
剑指苍穹
鹰击长空我翱翔

心灿如花
绚然绽放
家国情怀我飞扬

歌声嘹亮
不同凡响
唱出心中正能量

志存高远
放牧云端
试与天公较短长

商海扬帆
迎风斗浪
无畏向前谁可挡

日月昭昭
崇山巍巍
撼乾坤舍我其谁

江河浩渺
大地葳蕤
龙腾飞舍我其谁

精英才情
吾侪吾辈
民族傲舍我其谁

英雄豪情
我感我佩
中国梦舍我其谁

（2014年11月18日）

贵广交响曲

——贺贵广高铁通车诗

第一章

当贵广高铁的崭新动车
如一支银色火箭疾飞，
用她的耀眼光芒，
闪亮山川大地；
用她的风驰电掣，
穿刺玫瑰天空时；
迎接她的是
腾飞于蓝天白云，
蜿蜒于青山绿水
的金色铁路巨龙。

大地母亲啊！
敞开你的胸怀，
将你的秀发，
化作青山黛林；
将你的眉睫，
化作烟雨云雾；
将你的眼眸，
化作清江碧塘；

将你的美颜，
化作荔枝蕉林；
将你的衣裙，
化作农田村庄；
将你的赤子，
化作铁路建设者。
用你和孩子的美丽善良、
勤劳智慧
将贵广铁路
浇筑成一部恢宏壮美的交响乐章！

第二章

你看，
贵广铁路
穿山越水，
在广袤的原野上，
摆开了铁路建筑演奏交响乐的宏大阵势，
在凝固的音乐里吹响了流动建筑的音笛。

你看，
那一道道高架田野山林的混凝土铁路，
被朝霞涂抹成
一把把金色的小提琴。

放眼四野，
你不禁赞叹：
伸向远方的高架桥宛如秀美的琴颈，
堡垒森森的墩柱林又如精致的弦格，
回旋弯曲的立交桥恰如古典的琴箱，
轻盈欢快的徐徐清风神如灵动的弓，
在锦绣山川中拉出婉约清丽的咏叹调！

你看，
那一座座飞架河湖峡壑的彩色虹桥，
被天水辉映成
一张张硕大的竖琴。
飞身江河，
你不禁赞美：
擎向蓝天的百米双塔像高高的琴柱，
铺向江面的斜拉钢杆像巨大的琴面，
奔向远方的滚滚江水像波澜的音箱，
飞向两岸的彩色桁架像弄弦的钢龙，
在辽阔天地间拨动荡气回肠的奏鸣曲！

啊！
还有
那凌空飞舞、八面交错的庞大立交桥，
如一台安放苍穹下的巨大三角钢琴；
那潜水钻地、宽阔敞亮的深深隧道，

像一支弯向大地的巨大黑管，
也像一把昂首朝天的嘹亮小号；
那数以万计的贵广建设者们，
像一支庞大的交响乐合唱团！

第三章

你听，
铜墙铁壁般的贵广铁路，
凝固着一部优美动听的乐章。
四航人，
铺天地为乐谱，
修铁路为琴弦，
营工地为琴键，
筑情怀为弓弦，
在铁路建设的雄伟天地里，
用智慧和激情谱写乐章；
用情怀和汗水，
演奏出宏大磅礴的别样铁路交响曲。

你听，
数百台桩架高耸如林，
嵌岩旋钻让久藏地下的青龙抚弦清吟；
过百米长桩打入龙宫，

环保施工让传说中的水下河族宁静抚琴；
银白搅拌楼洁净明亮，
低尘无噪音的田螺车好像吹着玉箫行进；
数千米箱梁顺直漂亮，
七百吨大梁沐浴着农民工欢笑稳稳安放；
数万名建设者感恩成长，
四航人敢打硬仗家门口将铁路品牌唱响！

你听，
风吹日晒的野外施工，
绿色安全建设理念不让往昔的马达噪鸣；
造福百姓的铺路架桥，
和谐文化精神感染沿线的村民欢声笑语；
灯火通明的通宵作业，
万名建设者披星戴月只待路通爆竹燃送；
两千个日夜的挥汗如雨，
拼搏六年的四航人无怨无悔要让优美心灵颂！

啊！
贵广交响乐，
那是一支建设者
追寻中国梦、
创造劳动美的咏叹调！
那是一支四航人
拼搏奉献、敢打硬仗的进行曲！

那是一曲四航人
共筑和谐、感恩成长的奏鸣曲！
那是一曲四航人
激情燃烧、柔情似水的浪漫小夜曲！

啊！
四航人，
气吞大荒、
激荡婉转，
用
伟大的情怀，
让
凝固的优美音乐，
飞扬
流动的伟大建筑！

（2014年12月26日）

我从哪里来

我从哪里来
从洪荒大地
轩辕尧舜
薪火煌煌
骨笛悠扬
红陶黑釉中来

我从哪里来
从城敦重叠
青铜狞厉
甲骨祭祀
春秋烽火
朝歌沃野中来

我从哪里来
从万里长城
阿房宫阙
汉武未央
开元盛世中来

我从哪里来
从西域大漠

汴京华梦
勾栏钧瓷
清明上河中来

我从哪里来
从永乐大典
郑和西洋
康乾盛世
甲午海战中来

我从哪里来
从武昌军变
北伐战火
八年抗战
国共争雄中来

我从哪里来
从往昔记忆
华夏辉煌
民族苦难
未来责任
你我爱恋中来

我从哪里来
从诗经子集

离骚楚辞
春秋乐府
唐诗宋词
明清小说中来

我从哪里来
从崔嵬泰山
巍峨故宫
滟潋颐和
夔塘巫峡
云山珠水中来

我从哪里来
从浮云烟霞
雾霭霁霰
霹雳奔雷
狂风暴雨
飞瀑巨浪中来

我从哪里来
从神话传说
封神榜上
山海经里
太平广记
聊斋志异中来

我从哪里来
从无星无月
无风无雨
无悲无喜
无生无灭
几世轮回中来

五千年的沧海
五千年的剑影
五千年的篝火
五千年的文明
五千年的缘分
五千年的等待
五千年的爱恋
五千年的伤怀

（2014年11月20日）

致祖国

曾经
多少人牺牲了
为了心中的梦想
多少人就义了
为了梦中的信仰
多少人流血了
为了信仰的祖国
心中流淌的是
一曲赞歌

曾经
多少山推倒了
为了民族的独立
多少城摧毁了
为了思想的解放
多少路打通了
为了人民的幸福
多少庙废弃了
为了民众的自由
心中激荡的是
一册方策

无论
前进与曲折
胜利与挫折
改革与开放
科学与和谐
振兴与富强
心中呼唤的是
一个梦想

无论
梦醒几时
我与您在一起
祈祷

无论
梦在何方
我与您在一起
追寻

无论
梦遇何厄
我与您在一起
战斗

无论

梦想成真
我与您在一起
庆祝

无论
贫穷与富贵
平顺与坎坷
强大与复兴
正确与波劫
我与您在一起
我的祖国
永远
在一起
我的母亲

（2014年9月30日）

感恩诗

感恩
是白云对蓝天的回报
是对蓝天的无垠与澄碧
感谢与报恩
用洁白和高远
来表达儿女对母亲慈爱的依念

感恩
是溪流对大山的回报
是对大山的伟岸与雄壮
感谢与报恩
用清澈与纯净
来表达儿女对父亲仁德的思念

感恩
是青草对大地的回报
是对大地的广袤与厚重
感谢与报恩
用青春和激情
来表达赤子对祖国恩情的挚念

感恩

是鲜花对雨露的回报
是对雨露的无私与滋润
感谢与报恩
用华彩和荣誉
来表达游子对故土乡情的挂念

感恩
是小鸟对树木的回报
是对树荫的庇佑和凉爽
感谢与报恩
用歌唱和欢乐
来表达孩子对美丽家园的眷念

感恩
是蝶蜂对花朵的回报
是对爱情的美好和浪漫
感谢与报恩
用舞蹈和甜蜜
来表达对美丽恋人的爱念

感恩
是鱼儿对江海的回报
是对所有的给予和帮助
感谢和报恩
用安静与灵动

来表达对仁慈友善的怀念

感恩
还是
桃柳对春雷的回报
荷花对夏日的回报
红叶对秋霜的回报
梅花对冬雪的回报
是对乾坤的轮回与神奇
感谢与报恩
用勤俭与智慧
来表达对天地敬畏的常念

感恩
也是
朝霞对旭日的回报
烈火对骄阳的回报
晚霞对黄昏的回报
是对正能量的阳光与宏大
感谢和报恩
用正气和火红
来表达对奉献与付出的盼念

（2014年11月28日）

大雅赋

——赠才子儒将刘蒙将军

爱恋不停离骚乐府
诵读不倦史记春秋
吟唱不息唐诗宋词
书写不尽思乡情笃

砚池激荡风云岁月
墨香萦怀槐花林野
峰峦勾点上窥魏晋
深涧撇捺下涉宋明

泼墨晕染江山胜景
丹青绘就仕女姬婞
锦绣山河豪气酣畅
皎皎华林侠骨柔情

一把战剑亮击长空
一纸长宣飞跃鹄鸿
一首诗赋击筑而歌
一颗善心慈航爱泓

（2014年11月3日）

你的爱

——赠禅城医院谢大志院长

你的爱
让一颗
璀璨的明珠
镶嵌禅城古邑
在末法的夜空
泛出慈悲的光芒

你的爱
让一群
美丽的天使
降临洁白人宇
在真情的人间
送出善良的温暖

你的爱
让今天
神奇的扁鹊
飞临茫茫苍生
在杏林的莽野
发出济世的华辉

（2014年12月6日）

神女赋

魂飞踏虹来，夜游云梦台；
神女唤朝云，曦曦胭霞彩。

榯晰如姣姬，湫凄若风雨；
云雨爱依依，渺渺润暖玉。

秀眉含黛烟，皎皎胜婵娟；
姝容曜芳庭，翠微映红颜。

俏鼻涧潭屹，云蒸霞蔚奇；
耳廓苍山岭，笙篁鼓瑟宇。

樱桃夭夭咀，夔塘湍流追；
蛮腰圆臀魅，浪荡千波醉。

纤手美足娇，酥怀黯魂销；
葳蕤青山峙，花容春宵撩。

峰乳白雾锁，红粉淑女婥；
壑谷泉深邃，桃源芳菲厝。

神女姿色异，襄王哀鸣乞；

未有几世缘，岂得花瓣雨？

迤逦牵我手，偎依无限柔，
女求不分离，喁呢情相守。

我恋女多情，爱我眸晶晶，
奔雷巫山阴，女却乾坤晴。

我爱女痴情，爱我泪瞵瞵，
三峡多迢遥，相思无穷尽。

（2014年10月31日）

三峡赋

长江湍急兮奔万里，山陵绿柔兮绵千城。

虹桥孤仞兮悬百丈，廊亭夹壁兮幽十朝。

江风习习兮我欲仙，乘风而上兮化鲲鹏。

穿越千年兮通古今，大翼一振兮震山河。

山林葱葱兮我欲隐，啸入山林兮似神龙。

潜心修炼兮求经世，横空击世兮惊天地。

（2014年8月14日）

水龙吟

云山百花乍谢，花城千叶尽落。
秋风无边，秋木苍苍，青树坠绿。
越秀山头，珠水江边，聊斋书客。
把南越游遍，仰天长啸，无人会，鸿鹄志。

休说佗王坟没，尽英冢，黄花岗烈。
史山翻越，愧当羞见，中山雄怀。
可惜黄埔，军魂叱咤，青碑犹耸！
望远山苍翠，军校凭吊，哭英雄泪！

（2014年10月12日）

雅园赋

源南梁帝胄之室，
载宋城东坡之学，
承万盛鸿贾之气，
传黄埔将军之脉。

人大学士十八塘人，
迁康熙古狮至羊城，
植百年罗汉于保利，
藏千载翰墨于厅房，
聚八朝灵气于庭院。

诗云：
康熙红狮笑威严，
奇松异石雅艺园；
小桥流水观自在，
修竹扶疏羡郑燮。

雀鸣杨桃胜桃园，
高士满座喜游苑；
望月赏树品香茗，
戏水观鱼赛神仙。

雅士看画鉴宝静，
骚客曲水流觞清；
文人吟诗作对情，
豪客泼墨作画精。

云怀道人赞
“艺林妙品诗书画，
禅道意味物外云”，
欣题雅园赋也。

（2014年8月11日）

古石苑

北朝菩萨松下坐，
康熙古狮门前守，
谁家庭院古石林？
麒麟吐卷神话多。

翔羊神鹿鼓上住，
八仙花鸟画柱础，
更引天上文昌君，
抱笏托印石中出。

前清古井藏蛟龙，
大明铁钟鸣英雄，
谁人还思前程事？
前世功名碑文隆。

古桥镌诗紫气来，
金狮报喜状元在，
盛唐石鼓秀士坐，
白石桌上写聊斋。

我欲坐化罗汉松，
天人已将仙位送，

拂袖辞去凡尘云，
瑞兽仙灵可相从。

（2014年11月1日）

耕读传家

云山拱翠珠水幽
沙湾毓秀紫气流
数塘莲叶接五彩
邹鲁古村文风留

功名如山帝女嫁
诗书传家翰林佳
宗祠石鼓响千年
月台三凤牌坊雅

书香郁郁传百代
族荫绵绵千年彩
当年驸马今安在
石碑却晾农家菜

（2014年11月9日）

广州之窗

银楼擎云入天庭
洛溪碧练村树清
夜来彩波涌花城
一江瑟瑟红月映

（2014年11月5日）

火红的丝巾

——赠中大逸仙同学会

戴上
那浸染中山精神的红丝巾
我们燃烧于那份
飘逸豪迈激情的火红
仿佛看到
吹来仙霞的彩云
洒下智慧的虹雨
播下慈善的种子

戴上
那奔放中山精神的红丝巾
我们感赞于同学的志如鲲鹏
我们
将满身的意气奋发
驾驭创业的倥偬
驰骋事业追梦的繁荣

戴上
那满怀中山精神的红丝巾
我们感染于同学的开心动容
将满脸的灿然笑容

荡漾俊俏的姿容
潋滟甜蜜幸福的成功

戴上
那燃烧中山精神的红丝巾
我们感叹于同学的才情恢宏
将满腹的诗华蕴隆
焕发智慧的奇迥
冲上博学笃行的天穹

戴上
那飞扬中山情怀的红丝巾
我们感动于同学的情义浓浓
将满怀的慈悲感动
融化感恩的星空
绽放人性光芒的英雄

（2014年12月20日）

游庐山

名噪天下数匡庐，不辞千里探仙踪。
司马花径筑草堂，慧远竹林寺仙岩。
神州风云五千载，几人功名垂千秋？
欲借名山避世哗，散发耕云种紫竹。

（2013年8月16日）

西陵遐

久居珠水盼见峰，偶登云山纳凉风。
今临夷陵葛洲坝，梦里三峡剩相逢。

滚滚长江多险滩，斧刃峭壁渡更难。
可叹高峡筑大坝，增江修闸河断山。

水淹良田八百里，民移三州二十县，
百万巴人伤乡离，千载汉城沉水底。

蜀楚故国今安在？鱼豚家乡可归哉？
万里长江虽壮美，岂任人为随意裁。

（2014年8月14日）

香格里拉

一直想往
圣洁神奇的天堂
常常梦见神灵的召唤
带我到离天最近的地方
那是世上最圣洁的香格里拉
那里荡漾着心中的日月之光

天边的牧歌清灵辽旷
那是雪域女神射来的
世上最神奇的七彩月光
穿越
梦幻的云彩
白洁的雪山
静绿的林野
寂青的苔塬
绝蓝的湖海
空灵的经幡
她的清纯贞洁宁静
随宗巴山的经筒在风中转动
化作人间天堂
最美好的圣洁

美丽的格桑花灿烂如海
那是太阳女神送來
世上最干净透明的阳光
照耀
辽阔的牧草原
安静的羊牛群
古老的朵克宗
沧桑的老土城
繁华的四方街
平静的土楼房
她的美丽善良热情
随鲜艳的彩藏袍在花中欢笑
化作人间天堂
最美好的善良

（2014年12月27日）

圣诞的欢乐

雪夜里
满天星斗
满地银白
满宇圣歌
我们用吉祥与欢乐
欢度这世界节日

我们用
缀满
烛灯
星星
纸花
和礼物的
圣诞树
装扮
庭院厅堂
用满树的
温暖和祈福
常青
我们
对快乐幸福的向往
将亚当夏娃的平安夜

如度我们欢乐的传统春节
除夕与平安夜
同样的吉祥
同样的喜欢

我们打开窗户
备好空空的鞋袜
等待
圣诞老人
赶着
九只驯鹿
装满礼物的
雪橇車
爬进窗囱
送来礼物
他
头戴
红色圣诞帽
身穿
红白袄袍
玫瑰色的脸蛋
红红的樱桃鼻子
雪白的络腮胡子
可爱又慈祥
我想起了

观世音菩萨
还有乐善好施的八仙下凡
西方的圣诞老人和东方的佛祖神仙
同样的吉祥
同样的喜欢

雪夜里
满天星斗
满地银白
满宇圣歌
我们用吉祥与欢乐
欢度这世界节日
同一份吉祥
同一种欢乐
在同一个世界

（2014年12月27日）

舍不得你

——致姚贝娜

听说你已离去
我的心在哭泣
虽然没有当面见过你
但你的歌声让我下定义
决心终身对你不离不弃
真心想做你的永世歌迷
献上鲜花和为你谱的歌曲
仰望台上深情的歌星你

想念天仙的你
我的心在凄迷
你天使般美丽留下传奇
莺歌嗓子唱出天籁曲
可今天你却香消玉殒满天星雨
转身而去将我们抛离
你如高傲女皇天庭再唱仙曲
却让人们哭泣在你消失的悲伤里
追望天上耀眼的星宿你

真的舍不得你
太多人在爱着你

虽然你已微笑离去
虽然你说你是一只鱼
一生只有七秒记忆
总是沉默在水中呼吸
多想依偎在温暖的掌心里
真的舍不得你闭上眼睛
在一望无际的海里浪里
听着你用心火燃烧的每一首歌
远望海天茫茫的星辰你

听说你已离去
我的心在哭泣
太多人在喜欢你
大家把挽留送给你
你说别让你飞将你温柔留住
你说原谅你飞有太阳来眷顾
你在生命的河上唱天上的歌
歌声将头上的乌云吹走
将心里的忧伤全部洒落
我只想留住你一面
画永远在我心间
谁也拿不走你歌唱的画面
因为没有你
生命的河里只流淌哀怨凄迷
真的舍不得你

（2015年1月17日）

血绒花

——送李小文院士挽歌

你不知在孤独中究竟沉寂了多久
也不知多少寒冷才能吐放血红
风从山外吹来正逢枯叶凋零
笑傲灿烂人间光芒照耀夜空

你那煊然绽放的火红
是燃烧天宇瞬间火焰
你为美丽开放耗尽年华
黯然熄灭永别寂寥尘寰

你在哪里啊
就在这里啊
火焰一般耀眼
像杜鹃一样血红

这是一个多美丽而哀伤的世界
山和树站着抱着哭着还流着泪
风从山外吹来欣赏你耀眼色彩
笑傲灿烂人间你总是不羁狂野

你那煊然绽放的火红

是燃烧天宇瞬间火焰
你为美丽开放耗尽生命
黯然熄灭永别寂寥尘寰

你在哪里啊
就在这里啊
火焰一般耀眼
像杜鹃一样血红

你那煊然绽放的火红
是燃烧天宇瞬间火焰
你为美丽开放耗尽年华
黯然熄灭永别寂寥尘寰

我自伤悲啊
我自伤悲啊
火焰一般耀眼
划过你的眼前

你那煊然绽放的火红
是燃烧天宇瞬间火焰
你为美丽开放耗尽生命
黯然熄灭永别寂寥尘寰

满宇清寒啊

满天星光啊

焰火一般耀眼

像杜鹃一样血红

这是一个让人伤感哭泣的世界

（2015年1月18日）

古诗新韵、禅诗篇

GUSHI XINYUN CHANSHI PIAN

你懂的

你懂的
因为感恩
所以无嗔
一路上不再愧欠

你懂的
因为责任
所以无怨
一路上不再厌倦

你懂的
因为苦难
所以无求
一路上不再纠念

你懂的
因为放下
所以无争
一路上不再斗艳

你懂的
因为慈悲

所以无私
一路上不再贪恋

你懂的
因为善良
所以无敌
一路上不再羁陷

你懂的
因为菩提
所以无语
一路上不再相见

你懂的
因为如来
所以无痴
一路上不再想念

（2014年11月2日）

莲花的泪珠

雨溅
莲花
黄蕊流露
琼瓣淌珠
湿漉了
花上的天空
清雅而坚贞

露打
莲花
红蕊摇晶
粉瓣擎莹
灵动了
池上的天空
高雅而虔诚

泪滴
莲花
素蕊不怨
玉瓣无嗔
慈悲了
世上的天空
优雅而感恩

（2014年11月15日）

感恩的泪

——献给感恩节

在鲜花盛开
掌声响起的时候
我独自离去
眼里饱含着
泪水
滴下无数
感恩的念珠
闪亮着
大千世界的光辉
和众生的恩泽
我在
感恩中独泣
而欢喜

在众人欢唱
皆大欢喜的时候
我独自归去
眼里盈动着
泪水
仿佛无数
幸福的花儿

绽放着

佛陀的慈悲

和菩提的惠德

我在

感恩中伤悲

而皈依

（2014年11月28日）

一步诗五首

非境

空山空林无人来，
云海云雾仙去也，
花开花香女儿醉，
我悲我喜你可会？

非空

寒山寒寺禅钟鸣，
凄风凄雨颂佛经，
众生众相悟空灵，
我思我言心淡轻。

非黑

大音大磬水吞声，
细言细语柔无尘，
冰山冰川冰千村，
暖香暖玉暖我枕。

非白

一枝一叶一菩提，
一指一手一观音，
一舟一苇一达摩，
一慈一悲一如来。

无题

一笑一颦一西施，
一池一莲一居士，
一拥一吻一妃子，
一步一诗一才子。

（2014年11月7日）

佛说

燃一炷香
听佛说
所有的过往是泡影
一切的拥有是负累
不真不假
不增不减
大千终归于元始
然园外
灯火阑珊

奉一盘果
听佛说
曾经的记忆是伤害
迎来的真相是谎言
不悲不喜
不怨不悔
万般轮回于因果
然园外
人笑言欢

供一束花
听佛说

曾经的恩怨是浮云
几世的情仇如花谢
不亲不疏
不垢不净
六根清净于禅定
然园外
红粉罗裙

敬一瓶泉
听佛说
漫长的等待在来世
真正的解脱是涅槃
不来不往
不生不灭
性空缘起于苦乐
然园外
月朗星稀

（2014年10月31日）

呈六祖慧能

菩提本是树，
明镜亦为台；
若无此灵物，
何来洗尘埃？

（2014年11月14日）

梵音

闲来无事步野岭
忽闻禅林清钟鸣
山中梵宫不见僧
香烟袅袅升梵音

（2014年11月14日）

不再来

堂穆人静气场清
三世轮回风有信
浮华春梦几破禅
不愿再来般若请

（2014年11月15日）

不言

星月不言，其晖曜曜；
山岳不言，其雄皋皋；
湖川不言，其广衮衮；
莽林不言，其茂樵樵；
花田不言，其芳夭夭；
美人不言，其容姣姣；
我自不言，其诗簝簝；
我心不言，其人杳杳。

（2014年11月11日）

四一歌

一枝独秀临风玉
一管妙笔生花雨
一腹心思与谁语
一苇菩提渡江去

（2014年11月11日）

无梦无忧

当你在梦境中
狂奔时
逃避的是害怕
追赶的是恐惧

当你在黑暗中
颤抖时
发颤的是无望
抖动的是阴暗

当你在孤单中
伤感时
伤心的是孤独
感怀的是无助

当你在伤悲中
哭泣时
痛哭的是伤心
泣涕的是悲苦

当你在生死中
恐惧时

惶恐的是生活
惧怕的是死亡

当你不再会有
恐惧时
所有皆不再惶恐
一切都不会惧怕

当你不再会有
恐惧时
你会无忧生活
坦然面对死亡

当你不再会有
恐惧时
你会不再伤心
你会不觉悲苦

当你不再会有
恐惧时
你会享受孤独
你会不感无助

当你不再会有
恐惧时

你会无视失望
你会无畏阴暗

当你不再会有
恐惧时
你会不屑逃避
你会不殚追赶

当你不再会有
恐惧时
拥有的是
坦然淡然
默然诚然
慨然轩然

当你不再会有
恐惧时
会有的是
无私无畏
无欲无求
无梦无忧

（2014年12月7日）

梦游瑶池咏留别

独坐园中盼清影，
冬夜雨后无人静；
松下长啸吁月精，
乌漆黑幕降神灵。

灿然天际星光耀，
青鸟曳飞传天诏；
仙女飘然倩目笑，
仙翁慈眉把我召。

莲花灿烂观音坐，
金童玉女驾云落；
直呼仙君返天宫，
莫待凡间使君愁。

仙翁更语我前世，
非今书吏仍仙士；
拂尘一指门前狮，
化作麒麟牵我骑。

鸾鸟飞舞凤凰鸣，
笙篁琴瑟奏子衿；

众仙拱我入天庭，
仙雾缥缈宫阙影。

金甲门官殿前迎，
恭言王母瑶池请；
旌帜招展瑟鼓磬，
百鸟幡扇玉女擎。

腾云驾雾八千里，
天兵天将恭身立；
黛岭玉海云飘去，
桃林花海雾中雨。

青嶂屏峰足下过，
碧水玉带漾练柔；
忽至世外一仙境，
巍峨昆仑山色幽。

宫殿重檐瓦辉煌，
阙台楼阁亭长廓；
雕梁画栋影壁照，
玉帘粉幄红帏帐。

池蓝水清天一色，
彩林琼枝紫竹赭；

芳菲粉粉映宫墙，
山石嶙嶙清泉侧。

百雀齐鸣凤来仪，
烟霞霓虹彩云霁；
仙乐妙音忽然起，
娉婷曼妙众仙女。

八仙肃穆步轻履，
太白仙翁持圭玉；
华盖旌彩步撵来，
雍容贵妇万彩御。

众仙躬身齐相迎，
原来王母盛筵请；
王母玉颜如珠峰，
高贵圣洁从容境。

玉女执灯引玉径，
但言王母盼我情；
母呼魁儿何方来，
人间煎熬仍清灵。

我言世事多沧桑，
苦厄波劫我已尝；

不想光阴蹉跎过，
夜夜诗书寄哀肠。

母泣魁儿多仙气，
凡尘污浊如莲立；
执手相拥抚我鬓，
我心碎碎更长泣。

母言儿难四十载，
梦想颠倒心无栽；
已使婵娟侍儿郎，
才情深笃可恩爱。

天籁神曲荡然响，
珍馐锦绣瓯玉盘；
天天蟠桃玉女奉，
母亲儿郎抚我长。

恍视王母为祖母，
亲情更稠思恩乳；
但泣怀念失天护，
孙自飘零苦尘庐。

母亦声惨言几世，
儿多才华惊名仕；

不作高吏旷高奇，
几生才情暂寄此.

母慰我郎亲我脸，
泪珠如帘湿玉颜；
嘎然梦醒我失亲，
怅然长啸我怎怨。

宅中古狮驮我返，
家中罗汉华盖伞；
又坐覆莲观音座，
辞却啸傲禅心安。

不觉失去梦境苦，
不苦失梦烟霞无；
但知仙界王母爱，
还得几世才胜楚。

我思祖母常梦萦，
梦中王母将我亲。
不羡仙界宫庭华，
但留心中一片情。

（2014年11月13日）

飞

告别心累
我想要飞
到那遥远故乡看看
那里有
我的童年玩伴
和嬉戏地方

告别心烦
我想要飞
到那遥远中甸看看
那里有
我的天上牧场
和雪域天堂

告别心愁
我想要飞
到那么遥远北疆看看
那里有
我的秋天童话
和金色胡杨

告别心酸

我想要飞
到那遥远香山看看
那里有
我的象牙银塔
和红叶飞扬

告别心寒
我想要飞
飞到那遥远天堂看看
那里有
我的慈祥祖母
和梦幻极光

（2014年10月31日）

哭

哭，
一滴泪，
湿了哪里？

哭，
一片叶，
落了哪处？

哭，
一抔土，
葬了哪人？

哭，
一座山，
塌了哪方？

哭，
一片云，
飘了哪世？

哭，
一条江，

度了哪人？

哭，
一幕天，
成了哪仙？

哭，
一颗心，
伤了哪情？

哭，
一个人，
失了哪缘？

哭，
一位仙，
去了哪山？

（2014年11月1日）

独行

红红绿绿凡人爱
熙熙攘攘众生来
孤孤单单我独行
逍逍遥遥在方外

渺渺茫茫几世缘
凄凄惨惨已无怨
慷慷慨慨多诗文
寻寻觅觅故人见

（2014年11月8日）

踏雪

南国冬无雪
常梦北乡野
寒空飘鹅毛
冰地堆棉罽

四野雪茫茫
山川披银妆
但喜冰雪意
踏雪辞寒窗

举目雪皑皑
径没冰山外
山河尽失色
天下一片白

（2014年11月1日）

小雪

羊城雪不谙，
孟冬珠水寒；
常忆北雪野，
萤霏凝露霰。

乡思沉乌云，
篱菊雕残影；
踏雪寻梅处，
樵歌冻壑阴。

银舞溪山远，
渔钓冰蓑前；
雪烹沁香茶，
酒品浮暖烟。

振我御寒衣，
与君瞻星去；
更请围炉饮，
煮雪诵诗经。

（2014年11月22日）

大雪·西樵梦

今晨冬雨淅沥
淋湿了西樵的山林
滑滑的水意
和寒寒的冷气
从喘息中呼出
凝成叶上的微霜

今晨花衣绮丽
亮彩了蜿蜒的小径
花花的雨伞
和逑逑的人影
在雨滴中溅散
开成阶前的雪花

于是
思绪
掠过林梢
飞越山巅
化作北国的狂风
让漫天雪鬃呼啸
落一地盈尺新雪

那里寒气凛冽

冰封了老家的窗门
睁开眼
看窗外
萦空雾转
凝阶花积
雪龙飞舞
银涛汹涌
寒阳染一天玖红

那里雪影拂窗
雪压了村庄的房顶
推开门
看野外
拂草连蝶
落树飞花
散葩浮玉
飞英积素
白羽飞一天清气

哦
大雪
南国的迷望
游子的想盼
在西樵山的天外
梦想

（2014年12月7日）

冬至

纵然最寒冷的季节
依然有温暖的阳光
花儿在北风中嫣然
笑容在白雪中灿烂
最亲爱的朋友在珠水滨守望

纵然最遥远的春光
依然有诗画的胸膛
白云在蓝天翱翔
春水在心中流淌
最亲爱的朋友在花城中浪漫

纵然最漫长的孤单
依然有欢乐的心房
月潭在宁静中安详
鸟儿在山林里歌唱
最亲爱的朋友在云山上远瞻

朋友啊
让我们拥抱阳光
忘却黑暗
在这寒冷的冬季

彼此温暖

朋友啊
让我们拥抱春光
忘却孤单
在这寒冷的冬季
彼此陪伴

（2014年12月22日）

树

喜欢
树的伟岸
你望
在山坡
在乡野
在河畔
在村庄
她高高地
撑起一朵绿云
擎起一丝渴望
筑起一幕青墙
拉起一网阳光

喜欢
树的婆娑
你看
在山岭
在旷野
在江岸
在院落
她默默地
飘来一片绿荫

映来一身婀娜
幽来一脉清静
拂来一缕相思

喜欢
树的神奇
你想
在山巅
在牧野
在涌边
在庄园
她静静地
种下一野图腾
栽下一乡信仰
植下一村传说
育下一庄精灵

于是
我盼望
在院里
植下一棵树
种下我的憧憬
和相思

于是

我梦想

在夜里

变成一株树

化成树的伟岸

和多姿

（2014年11月11日）

冬野

暖暖冬野行
寒寒远山青
斑斑稻田彩
点点鱼跃影

渺渺烟波碧
片片白帆尽
声声鸿雁鸣
戚戚故人心

（2014年11月19日）

折桂令·小恙

平生不会柔弱，
才会柔弱，
便真柔弱。

身似灌铅，
心如兔捣，
气若擂鼓，
独一人抱恙在榻，
盼艳阳长袖清舞。

长袖舞时，
正是何时？
明日朝时，
佳日朝时。

（2014年12月1日）

折桂令·冬雨

平生不会悲伤，
才会悲伤，
便害悲伤。

身似蛟龙，
心如青鸟，
气若虎啸，
空一股豪情在此，
盼千山万水游之。

东坡来时，
正是何时？
街灯昏时，
心灯明时。

（2014年12月1日）

春冬

冬日春山翠，
禅林佛光葳，
梦抱六祖偈语睡，
拂心尘顿会。
青瓦房帘卷，
桂香松竹蔚，
涓涓清泉鱼锦美，
深谷云雾追。
满目野色微，
何去又何回，
前世活佛今已归。

（2014年11月14日）

江南冬

江南从无冬
料峭仍葱茏
连山卧青龙
续水带碧泓

黛峦遗秋红
黄云流稻垄
白鹭栖沼泽
心事千万丛

农舍散山野
花树篱笆外
牛塘拂柳叶
乡村昏色嵯

云浮欲遮山
雾来锁江船
一江春秋水
柔情何以堪

（2014年11月19日）

水如镜

——题秋哥荷花摄影

一湖白水清如镜
一池荷叶翠玉映
一双慧眼读水墨
一支粉莒惊丹青

（2014年11月9日）

潮平

江水低平，
潮水退落，
两岸灯景依旧。

自依栏，
临江风习徐，
橙夜无星月，
万方寂寥。

千里独行，
如孤星，
但伴诗赋，
无人会意。

我自高歌，
岂在意，
长啸腾云，
辞去沧海。

总有天阙，
众星拱月，
笑傲荒宇去，
得不生境界。

（2014年11月16日）

湖月

夜深沉
辞园别去
一牙悬半空
心事躲星辰

冷无语
单衫芦苇
一桨响渔舟
寒潭落星雨

更伤感
漆黑树影
一湾无常水
几多英雄泪

何相怜
江湖无声
一生谁知己
婵娟在人间

（2014年11月17日）

烟雨梦

千年古镇摇秀容
烟雨画桥过家中
风卷青幕倚迷楼
梵宫叠檐听晓钟

双桥轻卧波粼碎
走马阁飞楼相对
雕梁画栋老街走
桃红柳绿游人醉

银浜烁金蒲吐穗
芦花压雪柳拂翠
萍红藻绿荷送香
渔翁扣弦歌相随

远山含黛翘翎握
近水瀚渺鸿雁落
水乡风情曾梦寻
一纸油彩惊香罗

（2014年11月6日）

莲叶

禅心不留春花秋月
如来不生奔雷心野
不恋浮云朝霞彩虹
但留白石清泉莲叶

（2014年11月18日）

崖柏香

——赠木语雅院

秦岭巉崖万年柏
雨雾缥缈云澎湃
深山修得奇香体
出世虬木仙气来

（2014年11月29日）

我在大山里修行

空山的世界真的好寂静
天上的云朵飘游轻盈
林中的雀鸟欢跳歌鸣
我在大山里修行
在野牡丹的花海中诵经
在马尾松的青果上舒情
在揽胜亭的云雾里松筋
山神的女儿送来鲜花
我把自己躲藏化作石筋
却把萝藤的绿叶响成风铃
只为不让她伤心
待山野的香雪飘零
我把她的泪痕抚平
用山风卷走舌尖的爱蕴
我把她的歌声聆听

神山的世界真的是仙境
天上的霓虹梦幻眼睛
山中的草木色染彩云
我在大山里修行
在香水花的迷魂中苏醒
在红枫叶的飘色中宁静

在血杜鹃的火红中禅定
上帝的天使送來圣经
我把自己躲避化作石径
却把满径的落叶灿如繁星
只为不被她锁定
待山夜的紫星飞萦
我把她的羽箭拔清
用菩提拂去眼眸的倩影
我把木鱼敲尽

（2014年12月28日）

我想在一片落叶中闭关

雨还下
挂成线
垂成帘
编成网
不为寒冷
也不为湿漉
不为草绿
也不为花红
却为一滴水
一片叶
一阵雾
洒向大千

雨落
草尖
水滴成珠
草丛草外是虫儿的鸣噪
唯有水珠中的佛光
让我感动
我想在一滴水珠中闭关
忏悔生命的匆忙

雨洒
树林
水汇成塘
林里塘外是鸟儿的吵噪
唯有方塘中的佛光
让我感动
我想在一片落叶中闭关
菩提岁月的无华

雨飘
浮云
水化成雾
雾里雾外是风儿的狂躁
唯有云海中的佛光
让我感动
我想在一朵孤云中闭关
般若轮回的涅槃

（2014年12月28日）

出家

花儿艳抚晨雾
雀儿鸣啼楚楚
山泉流潺湫湫
枫叶红尘飘流
我告别生命的起舞
视满眼的空花如幻境
隐入山寺塔林
在云雾中读经
顿悟生命苍白的无穷
此生不再跌宕起伏

月儿映映湖镜
风儿习习清新
都市闪闪霓虹
佳人默默念经
我告别生命的叮咛
视满野的水月如魔影
飞上雪原珠峰
在冰山上转经
参透生命的因果轮回
此生不再凄迷伤心

身儿出离凡尘
心儿自在安定
梵宫观禅听音
经幡阳光雪映
我告别生命的邀请
视满身的疼痛如炼金
披上金玉袈裟
在灵山里书经
禅悟生命的无常涅槃
此生不再太息飘零

（2015年1月20日）

散文诗篇

SANWENSHI PIAN

音乐颂

当轻柔的乐弦在指间拨弄，
你可看到
清脆明亮的音符在宇间跳动；
当曼妙的乐曲奏响如编钟，
你可听到
优美动人的旋律在心田灵动；
当恢宏的交响在乐厅唱颂，
你可望到
壮美飘逸的画卷在山川流动。

上天啊！
感谢你赐动听音符，
我用
内心默默迎接金石的碰撞轻重，
随由音符的清丽浑厚，
让灵魂静静徜徉跳动的乐谱，
聆听生命的欢乐。

上天啊！
感谢你赐动人旋律，
我用
血液热热滚烫曲调的跌宕起伏，

随由旋律的悠扬宛转，
让情感深深飞扬庄严的教堂，
聆听天使的欢唱。

上天啊！
感谢你赐华美乐章，
我用
眼泪轻轻感叹音乐天才的多情浪漫，
随由乐章的高昂回肠，
让心膛慢慢奏响神圣的乐章，
聆听命运的启航。

你听，
如泣的小提琴在呜咽，
悠长的长笛在朗笑，
铿锵的金钹在盛怒，
柔顺的大提琴在慰语，
俏丽的单簧管在娇声，
嘹亮的长号在傲慢，
飞瀑的钢琴在壮丽，
…………
多么动听的音乐啊，
她们的神奇美妙、
涤荡穿透，
让我们如痴如醉。

你看，
20个孩子的慈父巴赫穷游列国，
《爱的协奏曲》让穷人温情暖暖；
神童的莫扎特天真多才，
临终的《安魂曲》让他悲伤难安详；
亨德尔的乐曲雄伟精致细腻，
圣曲《哈利路亚》让人看到了天国和上帝；
多情的贝多芬曾有与50个女人的爱恋，
丑陋和失明的《命运》让他的《欢乐颂》波浪壮观；
钢琴之王的李斯特美貌优雅仁慈，
《匈牙利狂想曲》让我们狂想他与卡罗琳的爱情无局；
歌曲之王舒伯特穷苦得又冻又饿，
缠绵《小夜曲》让我们想起天堂欢唱的云雀；
浪漫敏感的舒曼几度失常跳河，
诡谲的《梦幻曲》让我们不堪勃拉姆斯和克拉拉的情愫；
富足多才的门德尔松乐曲优雅华丽，
《乘着歌声的翅膀》让我们在风景画中抒情浪漫；
…………
多么感人的天才啊
他们的才情浪漫、
忧郁悲伤，
让我们缅怀歌颂！

（2014年12月15日）

怎教我不心疼

当奶奶
在寒冷的冰河里洗裳
呼啸的北风
将伊的花发凌乱
苍脸刮伤
刺骨的江水
将伊的茧手冻烂
脚趾裂疡
怎教我不心疼
我的奶奶
我用我的小手
帮你捂伤

当母亲
在飘雪的冬街上摊贩
盈尺的积雪
让伊的身影蹒跚
寒气喘喘
冰凌的素花
让伊的双眼飞霜
冻牙战战
怎教我不心疼

我的母亲
我用我的臂弯
将你温暖

当孩子
在淅沥的春雨里打伞
如烟的柳绿
让伊的书包胀胀
童颜惶张
侵身的湿冷
让伊的衣鞋斑斑
小手凉凉
怎教我不心疼
我的宝贝
我用我的胸怀
给你依傍

当爱人
在漆黑的寒夜里想望
长长的无眠
让伊的红颜惆怅
秋波暗淡
漫漫的思恋
让伊的车马常往
娇声宛转

怎教我不心疼
我的心肝
我用我的香吻
让你徜徉

（2014年12月9日）

人死了

奶奶说，
人死了，
就像一片枯叶，
悄然无息地落地，
寂静地化成泥。
等来年春天，
就会长成草，
开成花，
重新用色彩打扮这个世界。

我问奶奶
人死了，
除了变成花花草草，
还会变成什么？

奶奶说
强大的人会变成树，
伟大的人会变成星星，
丑陋的人会变成虫，
贪婪的人会变成猪狗，
欢快的人会变成灵雀，
怨恨的人会变成鬼魂。

难怪，
山野树林间，
黑夜时会有阴晦之气，
恐怖之声，
原来有怨恨的冤魂。
所以，
人们常怕走夜路，
过黑夜。

如果
这世上没有怨恨，
也就没有阴森的鬼魂，
该多好啊。

也许有披着袈裟的僧人
想收走这些鬼魂，
让黑暗少些阴森，
但又怎么可能全部清扫洁净呢？
我望着天上的星星发呆，
眼里有望不尽的担忧。

傻孩子，
你以后是天上的星星。
奶奶在天上给我说。
我想，

大学时，
同学们都唤我
月，
也许是天意罢了。

（2014年12月9日）

累的时候

累的时候，
将心泊在家门口，
满岸的白墙黛瓦，
眼波里满是怀旧，
房子里装满几代人的故事，
水泊里静淌几百年的倒影。

原来临水岸的房门，
家家都不上锁，
好让声音轻易地隔岸相听，
还有对岸女子的倩影，
以及瘦弱书生的顾盼，
一橹便到对门。

那是我儿时的蓉江水城，
水乡的船舫没有网，
也没有渔具，
因为童真的我，
眼里没有收获，
没有杀生，
只有水声的欢乐和人声的欢快，
房里、

船里、
水上、
水下，
都是鲜活的生命，
不是用眼，
而是用灵魂感应的，
甚至有美人鱼、
虾兵蟹将，
还有龙宫太子，
还有天上的嫦娥。

（2014年12月9日）

冬夜的暖色

冬夜的暖色，
是用杨梅、蜂蜜、烧酒酿成的琼浆，
暖烘烘的；
是美人、沉香、茗茶甚至香烟娉婷成的微醺，
香飘飘的；
是满径桂花、一路沥青、漫天耀星编织成的浪漫，
朦胧胧的。

即使子夜无声，
即使街灯无人，
即使冬星凄冷，
一份淡淡的人间真情，
仍在阑珊中流金……

（2014年12月9日）

昨夜微醉

昨夜小饮微醉，
几番泪盈，
几多感动。

与友觥酌，
知己之情，
如水乡冬夜的灯笼，
驱走孤冷；
知音之心，
如霞江彤红的波影，
暖来深沉。

玫瑰红的天，
桃花粉的街，
杜鹃嫣的水，
红红的天地，
粉粉的人间，
一切在酒意中发酵、
在心水里荡漾，
尤其那灯笼里的烛火，
是那么的远，
又那么的近，

照得心里
一米明亮、
一缕温暖。

（2014年12月9日）

路

一个人的路，
很长，
也很难。

有的人喜欢热闹，
喜欢被人关注、
被人簇拥、
被人追捧；
有的人喜欢淡然，
喜欢独处。

每个人
有自己的生活方式
和存在状态，
不必彼此苟求，
不必强求类同，
更不必强压欺灭。

最难的是有知音，
最可贵的是有人心疼。
路再长，
有知音则嫌短；

路再难，
有人疼则不苦。

人活着，
名利财富固然多人追求，
视为幸福；
其实，
人的成功幸福快乐，
不在于这些，
最珍贵幸福的是，
有人疼你爱你，
这才是最难的幸福。

（2014年12月10日）

为何要喝醉

为何要喝醉?
不止是朋友的劝杯,
只因个中滋味。
看兄弟的笑容谦微,
饮酒干脆。

为何要喝醉?
不止是朋友的干杯,
只因个中滋味。
因心中的豪情悲摧,
有些疲惫。

为何要喝醉?
不止是朋友的交杯,
只因个中滋味。
看兄弟的远去泪挥,
何日再醉。

啊,
朋友,
人生有几回醉,
且看天上的月亮清晖,

星船将你摇睡。

啊，

朋友，

人生难得喝醉，

且看一生的知己几位，

几世才能相会。

（2014年12月12日）

绿笆

一篱绿笆
在蓝天下油亮
墙外的白楼
在另一个世界
静躺
楼里楼外
我曾经的课堂
可否听到
书声朗朗

一幕碧墙
在眼波外阻挡
墙外的马路
在另一个世界
张望
路上路下
我铺开的书单
可否闻到
书香浆浆

一帘青帐
在云朵外悠扬

帐外的霓裳
在另一个世界
萧蔷
云前云后
我垂下的想望
可否看到
思缘长长

（2014年12月13日）

北斗

上苍给了我一双忧郁的眼睛
看这凄迷的世界
穿过繁华的街区
去寻找
那片安定
将浮华
清静

上苍给了我一双向往的眼睛
看这茫然的世界
穿过无穷的黑夜
去寻找
那堆篝火
将梦想
燃尽

上苍给了我一双无邪的眼睛
看这朦朣的世界
穿过花样的年华
去寻找
那份童真
将心扉
锁定

（2014年12月13日）

忧伤的美

岁月如歌，
浮华如梦，
当年轮斑斑，
铅华洗净时，
回眸往昔春秋，
时光停不住流逝，
滚滚东去之时，
能常驻心头，
永留记忆的美好会有什么？

一本艰辛创业史？
一册书剑恩情录？
一篇浩瀚史诗？
一曲婉约诗词？
一首清丽歌谣？
一幅壮美画卷？
一块高雄丰碑？
种种美好
如繁花斗艳，
如星群璀璨。

其实，

我认为，
人最美好的，
是过去、当下和永恒的情怀，
是一份诗意和对远方的遥望，
是一曲歌声和在心中的流淌。
无论孤独热闹，
无论繁华清冷，
只要有美与善的诗意和情怀，
就算悲伤和痛苦，
也是一份美好。

美好
不仅仅是
成功和欢快，
幸福与甜蜜，
也有
淡淡的忧悒
和独自的离去，
冷冷的孤单
和不羁的伤感。

只要想往美丽的彼岸花，
用悠悠的思盼去等待和守望，
用淡淡的菊香去品尝和歌唱，
美好就在你身上。

（2014年12月14日）

恶魔

每一次恶魔
降临人间
人类良知的光芒总会暗淡
迷失的人性带来几乎灭顶的灾难

当德国纳粹党
撕裂民族主义的伪装
将屠刀砍向犹太民众
600万的森冷尸骨
在恶魔的毒气中
惨颤
人性的光芒
此刻在无知中迷茫
当日本法西斯
肆虐杀戮的寇弹
用屠刀砍杀南京市民
30万的中国同胞
在恶魔的铁蹄下
死难
人性的光芒
此刻在愤怒中慷昂

恶魔
用贪婪自私残暴
把法西斯的胸膛塞满
反人类反人性的
罪行满宇恶贯
世人的愤怒
令恶魔的影子
难以嚣张

正气
用善良博爱无私
把正直人民的胸膛填满
民主自由解放的
人性光芒
把恶魔扫荡
和平的曙光
把人间照亮

（2014年12月14日）

飘落的秋色

秋风又起
在清凉的南方
我满怀憧憬
捕捉
秋的颜色

秋叶飘零
落一地
灰褐色
暗淡沉寂的
掩埋了绚丽多彩的秋色

我把落叶
一片片
拾起
葬在后花园的土壤里
下一颗白果
浇一壶清水
妄想
种下秋的颜色

深夜

星星落在
树下的鱼池里
月亮在水波中跳舞
黄色的月牙变成了
北方漫天飞舞的银杏叶

一把把黄色的小伞
带着秋的色彩
从夜空
缤纷飘落
在眼前洒下
一片渴望的金黄

一只只漂亮的蝴蝶
扑闪着杏黄光亮的翅膀
在花园里
翩翩飞舞
舞亮了
南方单调的秋夜

（2006年10月30日）

感谢有你

——2015新年祝福天下朋友

感谢有你
你如寒冬的那米阳光
暖煦了我的心台
让我沐浴到温情关爱

感谢有你
你如乡野的那株桃花
芳菲了人间的三月
让我观享到春光美哉

感谢有你
你如深谷的那条涧溪
清澈了我的眸眯
让我感受到神灵魂在

感谢有你
你如山林的那棵大树
参天了我的梦想
让我依傍到恩荫常来

感谢有你

你如夏日的那场大雨
酣畅了我的热血
让我激情汹涌澎湃

感谢有你
你如深秋的那片醉红
浪漫了我的情怀
让我天真多情萌乖

感谢有你
你如腊月的飘雪
堆积了我的喝彩
让我洁白轻灵飞越

（2014年12月31日）

新年快乐

当清晨的第一缕阳光
唤醒了林中沉睡的鸟儿
当清晨的第一声鸟鸣
唤醒了安乐窝中美梦的人儿
新年的第一天
和往日一样
随着太阳在东边升起
不需和昨日说再见
已经悄悄轻吻我的眼帘
我在阳光的明媚中
把昨年的种种欢乐装订成册
珍藏在成长的美好记忆中
乘着晨光的清爽
和鸟儿的欢唱
我
掬新一年的憧憬
捧新一天的期待
静静洒在新的书页
用如烟的淡菊来书写
新年的喜悦

当清晨的第一阵清风

唤醒了园中羞涩的花儿
当清晨的第一朵花开
唤醒了世间善良勤劳的人儿
新年的第一天
和往年一样
随美丽的花儿一起
总想和美好明天拥抱
已经轻轻开放我的窗前
我飞向窗外的天空
云空间载满欢乐的鼓舞
人世间流淌真心的祝福
乘着蓝天的喝彩
和云朵的欢快
我
踏新一年的彩虹
披新一天的烟霞
美美涂在新的画页
用辉煌的色彩来描绘
新年的慷慨

（2015年1月1日）

七星岩

不知天帝
何时将大熊星座洒落凡间
天璇天玑抖落成七星仙岩
也不知女娲
何时将七彩灵石遗落人间
玉屏阆风锦绣那西湖水边
更不知文昌星宿
今日将半个月亮悬挂天边
落日余晖涂在小儿鼻头尖
还不知天上婵娟
将寒宫积雪吹白千层树巅
万顷甲鳞涌玉虹于霞光前
岂可知栖霞梵宫
将千年修行闭关水月姻缘
吻水虬枝却依恋湖光潋滟

我要插翅飞上那凌霄宝殿
大声问玉帝你我前世仙缘
我要穿鳞潜入七星湖深渊
为栩燊求丹不管龙宫深浅
我要披甲钻进仙人洞探险
但听正汉兄抚琴别开洞天

我要腾云月宫会梦中婵娟
满天星耀有凯歌飞越云巅
我要仗剑倚天问道七星岩
湖光山色旖旎我怎不迷恋
我要散发弄舟一橹去了仙
烟霞梦幻缥缈蓬莱瑶池见

（2015年1月1日）

照亮天路

新元后的闭关休会
心灵早早安睡
沉沉的梦里酩酊大醉
感应到从来没有的深度魂飞
打开眼睛
手机屏幕跳出11点
以为是从来没有的酣畅大睡
拉开窗帘
外面依然一片漆黑
方知不过两个小时的文昌星会

仿佛一个世纪的沉沉入睡
漫长的时光穿透了空洞心扉
万千的物象不离人言是非
虚无的灵界却不生爱恨无累
不关成败离散心儿不再伤悲
梦中的禅定顿悟了岁月光辉
无马无隙无见光梭自在飞
无色无相无生荏苒时光葳
梦中的修行菩提了生命智慧
我来这世上只为场约会
观世音菩萨净瓶的那枝柳叶翠

莹亮的露珠让我的心儿安睡
在一滴露珠中闭关我再无追随
放下一切修生命的无苦无罪
嗡嘛呢呗咪哞
让如意神珠照亮天路圣洁无畏

（2015年1月3日）

奶奶，我心中的那炷香

奶奶走了，
当把那束洁白的玫瑰摆在奶奶坟前的时候，
我知道，
我再也见不到奶奶了。

奶奶走得匆忙，
没能和我这个她最疼爱的孙子
见上最后一面，
留下最后一句话，
就静静地躺在
那再也打不开的棺木里，
静寂无声地走了。

那刻满子孙后代吊孝的青石墓碑，
冰冷肃穆，
将奶奶与我们无情地隔开。
坟地安静得让人害怕，
只有那摇曳的烛火，
发出一点点温暖，
不知奶奶在墓里面一个人是否会冷？

坟前飞来一只蝴蝶，
在坟前的那束白玫瑰上

徘徊、
飞舞。
妈妈说：
“是奶奶显灵了。
奶奶收到了你献给她的玫瑰。”
刚才一路给奶奶送殡时，
我忍住的眼泪
开了闸，
失去慈爱奶奶的疼
让我眼前模糊、
心里崩溃。

几十年来，
奶奶一直是
支撑我发奋苦读、
努力打拼的精神支柱，
如今，
她已经溘然长逝，
只有坟前的那炷清香在袅绕。

山野沉寂、
坟地静默，
奶奶走了，
只留下坟头的那炷香还在燃烧，
散发着点点星火，
温暖着眷恋祖母的孙子。

（2015年1月3日）

你为我打开一扇窗

当我伤痕累累
泪流满脸时
你来到我的身旁
默默地为我推开一扇窗
让外面的微风
吹干我的泪水
让柔和的阳光
温暖我的心扉
让我不再流泪
不再伤悲

当我茫然失措
孤单落寞时
你来到我的身旁
悄悄地为我打开一扇窗
让都市的部落
走进我的生活
让微信的网络
圈起朋友对错
让我端起咖啡
笑谈满座

当我枯燥无味
渴望高贵时
你来到我的身旁
轻轻地为我推开一扇窗
让美妙的诗赋
吟颂人间佳话
让神奇的油彩
画满天堂村寨
让我谱写交响
演绎辉煌

谢谢你
我的朋友
我感恩你的无声陪伴
牵引我到达快乐天堂
也许我依旧伤心惆怅
我想你滨寒江
是否正徘徊茫然
我如那天上的月亮
温暖你孤冷的脸庞
落下粉红的星辰
闪亮你凄美的目光

（2015年1月9日）

也许

也许凡是花
都想美丽地盛开
等待蜂蝶的到来
赢得大地的喝彩

也许凡是树
都想参天地长开
等待清风的徐来
迎来白云的吻别

也许凡是江
都想不息地流开
等待大海的将来
长留深沉的情怀

也许凡是云
都想潇洒地走开
等待星月的亲爱
闲享寂寥的自在

可我
却是山

不愿美丽地盛开
不想潇洒地走开
只想安定地张开
静静地
又一个千年的等待

（2015年1月11日）

遇见

遇见
如虹架天穹
我化作彩云牵引

遇见
如云游崇岭
我化作青峰高耸

遇见
如花放田径
我化作露珠憧憬

遇见
如雨下甘霖
我化作叶儿接迎

遇见
也许不在最美的年华
但总是在最美的时刻
用最妙的心情去邀请

遇见

一起去登山观云
一起去出海瞻星
一起去花下赏月
一起去临溪听风

遇见
一道放下QQ微信
一道松下煮茶品茗
一道雪下围炉诵经
一道月下江游披星

遇见
不是匆匆的人群擦肩而过
不是不经意间的眼波对凝
却是渺渺人海中缘分注定
那是前世的约定今世深情

遇见
不是云过树梢的邂逅
不是水撞江石的偶遇
而是云雾相缭的深情
而是山水相依的坚定

遇见
不一定响如奔雷

或许如落叶无声
若水与鱼的默契
似荷与塘的清静

遇见
用一炷香去祈祷
用一盏茶去品饮
用一卷书去读懂
用一笺诗去画意
用一世情去守护

祈祷遇见的缘分
如春花灿烂美好
如夏荷清凉可人
如秋菊淡雅脱俗
如冬雪洁白纯净

（2015年1月13日）

《秋月聊斋》开篇语

生命的温度，在一月里聚气。昨年的灵魂，在秋月里忽然通了天地，常常梦里作诗数篇，醒后披衣帛记，恍然不为己著，乃神灵附魂吟出，虽人怜辛苦，犹托菡举莒，灿然吐艳，盖天意也。

新元伊始，誓封笔绝书，重返烟尘，端坐园中，沐松涛桂香，听水声木语，又传百年罗汉松腹语，得万年七里香芳音，成新年说辞。

不敢冒神灵之不韪，载之成《我祈祷》。初不敢发，束之高阁。

午觉梦诸仙相求于余："乞仙君勿辍笔也，吾等词话，须依君之神笔传世，请受拜。"众泣顿首，余亦泣涕，扶携平身，言："余与秋仙将续著《秋月聊斋》，众仙卿可言神话歌赋，也可侍余秉烛剪影，共举文事也。"众仙慰欣，余赠其辞新诗《我祈祷》。众仙领阅，稽首叩冠，乃笑而退隐。

余孤立之茫然，甚动。慨叹："余此生不为己生，为众仙而生，亦有幸也。待他日驾鹤，与偕同游，岂不快哉！"

我祈祷——秋月聊斋新语

我祈祷
墙外的阳光

照进北风的小园
唤醒石中沉睡的仙灵
我骑上红色的古狮
朝会古人先贤
我想我知道
我的前世是谁

我祈祷
红色的花儿
开放翠松的小园
唤醒院中沉睡的树仙
我戴上白玉的花环
魂会天庭神仙
我想知道
我的花仙是谁

我祈祷
方外的圣仙
贤集于神话的小园
唤醒凡尘沉睡的魁星
我披上紫色的风衣
笔落北斗天宇
我想知道
我的诗仙是谁

（2015年1月3日）

烛光

——明葵写于四十五岁生辰

用默默的感恩
点燃细长的彩烛
光影迷蒙中
有
奶奶的慈祥笑容
妈妈的疼爱脸孔
爸爸的望子成龙
泪水滑落了
孩儿
一世的柔情英雄

用静静的祈祷
吹灭跳动的火烛
漆寂无光中
有
亲友的细语祝福
星空的心愿守护
梦想的美丽托付
音乐灵动了
男儿
一生的豪情涌注

（2015年1月3日）

岁月穿过

飞上云头
看岁月穿过
无尽的乡愁
那里流淌童年的儿歌
牧笛伴着清亮的歌喉
洒向孤单的扁舟
装满背上的鱼篓
走在憧憬修长的溪口
看白鹭从眼前飞过
如悠悠飘浮的云朵

攀上山头
看年轮穿过
无边的日落
那里流淌青春的情歌
彩霞映着生命的长河
漫过等待的滩头
装满渴望的空斗
泊靠心思漫长的渡口
看鱼雁在江水跃落
如美丽盛开的花朵

抬起眉头
看时光穿过
无垠的宇宙
那里流淌着岁月的赞歌
眼邃亮着遥远的银河
点燃烛光的星火
装满人间的方舟
航向遐想悠长的海口
看帆影在汪洋亮舞
如翩然梦庄的萤火

（2015年1月22日）

跋一 /

薄情的世界　深情的诗歌

屠格涅夫曾说，凡是有美和生命的地方就有诗。中国诗歌源远流长，诗经楚辞唐诗宋词，曾经一度璀璨辉煌，诗歌一直是中华民族优秀文化的一个象征，中国也一度是诗歌之风最兴盛的文明国度。虽然在当今这个浮躁功利的薄情社会，诗歌也曾一度衰微低落，但又因为她的深情浪漫，被人们向往和追求。因为在这个世界上有两种事情最接近上帝，一种是诗，一种是音乐。

“诗意的栖居”，是多少人心中的梦想，拥有诗人的情怀，甚至能写出优美的诗篇，深情优雅高贵、诗意的活在当下，是我们这代人不少有志之士的精神追求。让我感到荣光和高兴的是，我们中大博研有不少才子佳人，诗人秋月组合——博研17班执行班长王继秋和同窗肖明葵，就是博研学员诗歌创作的杰出代表，也是博研教育文学成果的一个典范。他俩因为共同的诗歌爱好缘聚博研，联手合作，开学后短短三个月时间创作出四百多首诗，而且至今每周都坚持有几首好诗推出，一首首深情而浪漫、善良又朦胧的诗在校园广为流传，受到校友和读者的喜爱。继秋和明葵同学以其深厚的积淀、优美的文笔和创作的激情，成为了当代诗坛作品深情感人的高产诗人。

写诗一定要写一流的诗，读书一定要读一流的书，做人一定要做一流的人。秋月诗集《乘着歌声的翅膀》正向我们展示了当今名利社会难得的精英才情。这本由继秋与明葵同学潜心合作的诗集，内含170余首诗作，颇具分量，每每读来总能引人共鸣。其中古体诗、新体诗、散文诗信手拈来；家国情、儿女情、至真至诚的赤子之情由衷而发，感人至深。这种“秋”之静美与“月”之灵动的组合，给我们带来了别具一格的人生之美。

秋月诗人和秋月诗集是我们中山大学博研教育的可贵成果，我们为秋月的成功而祝福和骄傲。秋月来博研读书收获了诗歌文学创作的成功。因为在博研，他俩能够接受到国内一流名家教授的思想文化传播，包括中西方哲学、艺术学和国学。因为我们博研教育的宗旨是与精英学员一起领略人生真谛，品味物理玄机，探寻发展规律；一起开启浩如烟海、博大精深的智慧宝库，感受中西文化的丰富内涵和迷人魅力，修炼宏阔胸襟，成就辉煌伟业，缔造圆融人生。可以说博研成就了一大批像秋月诗人一样的优秀社会精英。

祝继秋和明葵同学这两颗中国诗坛新星文采照人!

徐晓良

（作者为博研教育主任）

吟罢明月吟海潮

与肖明葵先生相识，真算机缘巧合，2014年8月，中国施工企业管理协会通联员工作会议在湖北宜昌召开，期间有一场题为“三峡壮·长江美”的即兴文学创作竞赛活动，我因为供职于三峡大学，兼任宜昌市诗词学会副会长，近水楼台，故忝列评委席。厚厚一沓征文稿件，出自全国各地中央施工企业的文化精英之手，时间紧，遴选判定不是一件容易的事。读完第一遍，我就把《三峡赋》（组诗）放在第一名，读完第二遍，我已能确定这组诗至少是一等奖了。晚上五位评委合议，没有任何争议，《三峡赋》（组诗）荣获一等奖第一名。它的作者就是中交四航局的肖明葵先生。记得在颁奖结束后，另一位获奖者还对我说，您眼睛真厉害，肖明葵可是中国施工企业有名的才子，常常拿一等奖的。

那是一次短暂的谋面，但他给我留下了深刻的印象：即兴创作的高手。未及长谈，匆匆道别之时互留了电话，加了微信，于是接下来我可以时常看到他发在微信圈里的文字与活动记录，他的诗文创作，文言白话、骚体禅诗众体兼擅，激情喷涌，有时一天一首甚至几首，让人目不暇接；更让人羡慕的是，他的书斋“万盛雅园”，金石古玩，名人字画，琳琅满目，常常是群贤毕至，高朋满座，充满诗情画意，令人流连忘返。慢慢地，我了解到，他是江西人，家族历史兴旺，人文底蕴深厚，中国人民大学历史系的高材生，仕履辗转，目前就职于中交四航局的一家刊物，担任主编，正在中山大学攻读博士学位。凡此种种，我对他更加留意了，对他的作品也更熟稔了。

2015年5月，《乘着歌声的翅膀》飞到了三峡，飞到了我的案头，我并不吃惊。每每阅览，总有写点什么的冲动，但俗务缠身，一直没动笔。其实，根本原因在于，我不是快刀手，完全不像作者一个晚上可以铺排出一个长篇来，酣畅淋漓，大气磅礴。创作和评论是两个路数，我总觉得，独特的诗歌需要悉心阅读后，酝酿沉淀一番，再来置喙，才不至于外行。而且诗集作者冠名秋月，实际是肖明葵先生和王继秋女士的诗歌合集，按照“知人论世”的文论传统，这又增加了评论的难度，所以我有了拖延的理由。

一个月之后，我因事南下广州，再次晤面肖明葵先生，并见到了该诗集的另一位作者王继秋女士，她的优雅气质与犀利谈吐，让我一开始以为她是文艺圈的人，怎么都没想到她是商界精英，地道的北京人，南下广州打拼多年，正计划与明葵合作办一家公益美术馆——蒋庆北美术馆。我一向认为，江湖浩淼，闺阁逼仄，但江湖中历历有人，闺阁中历历有人。广州半日，雅园相聚，南沙考察，海风拂面，天光照影，他们的情志与格调，他们的胸怀与操守，深深打动了我，我决计为这本诗集写篇评论了。

但当明葵说这本诗集马上要再版，邀请我写一篇“跋”时，我犹豫了，一是我从未给作家诗人们写过序跋之类的文字，因为我觉得那是泰斗名家的专利，与我无涉；二是所谓“跋”即“后序”，一般由作者自撰，放在正文后面，补叙与书有关的内容，我写也不合适；三是我研究的方向是古典辞赋，于新诗算是邯郸学步，偶有尝试，不伦不类，更谈不上研究，所以忐忑不安，久拖不决。

然而明葵是个执着外向的人，就像他的诗歌情结和情感表达方式一样，我终究拗不过，所以先写下了以上文字，半截子文章一直没敢交给他。暑期得闲，能够安静地重读这本诗集，想法纷至沓来，不妨记录下来，算是交个作业。

首先，这本诗集令人感佩的是作者的诗歌情结与浪漫情怀。

当全球化的晨曦出现在人类文明的地平线上时，地球确实变得越来越小，地球村看起来也更加精致玲珑，这是人类共同的家园。人类聚居在地球村里，享受着现代工业文明的饕餮盛宴，酒酣耳热之际，偶尔也会萌生一些感伤，因为物质和精神的天平失衡得厉害。诱惑和坚守，总是让我们的内心狼烟四起。精神的高地不断地被物质主义蚕食，似乎已在沦陷的边缘。无暇登楼远眺看长风万里送秋雁，无力跋山涉水听江城五月落梅花；无心看故乡明月，无意赏高山流水；屈子泽畔行吟、杜甫穷年叹息、岳飞怒发冲冠、稼轩栏杆拍遍，那是一些怎样的滔滔深情？蜗居在地球村，我们的感情变得越来越粗糙甚至于钝化。当地产商不厌其烦地拿“面朝大海、春暖花开”做广告，甚至借助“人诗意地栖居在大地上”这样的口号来蛊惑宅男剩女的时候，我们是否去触摸过海子被太阳灼伤的心灵？我们是否去了解过荷尔德林为自由和祖国而死的情愫？

信仰危机、理想失落成了困扰当代人类的世界性难题之一。在我国，信仰问题已然成为许多社会问题的症结所在。改革开放三十多年来，人们发现，兜里的钱越来越多，内心思想、情感却越来越空虚；财富积累越来越快，信仰却越发迷失。

就个体而言，信仰表现为个人的生命需求问题。肖明葵先生供职央企，王继秋女士身处商界，二人长期生活在改革开放的一线城市广州，外界的诱惑与内心的喧嚣，较之于二三线城市和乡村的人们，他们应该更能体察和纠结。但是，他们执着地靠近诗歌，哪怕诗歌的万丈光芒会灼伤自己，依然固执地靠近，再靠近，而且不断开拓诗歌的题材和体裁领域，不断锤炼诗歌艺术，不断探索诗歌技术。我以为，他们是在用诗歌艺术的方式来巩固内心的信仰，坚守内心的城池，这种方式可以让他们的信仰抵御各种诱惑，变得纯美至刚，也能让他们的生活方式变得更具有理想主义气质和浪漫情怀，这也许是我们这些在20世纪八九十年代走出大学校园的那批人共同的诗歌情结。而我坚信，随着国家越来越强大，社会越来越健康，诗歌会很自然地回归到我们的精神生活中，浪漫的生活方式也会成为生命的新常态。从这个角度讲，《乘着歌声的翅膀》是文艺体制外的诗人们给诗歌复兴时代的到来设计了一双隐形的翅膀，她将带领我们飞越心灵荒芜的天空。

其次，这本诗集值得称道的是对城市化进程的宏大叙事的敏感性。

中交四航局是老字号的央企，在当代中国的路桥建设和城市化进程中，建立了不朽的功勋。作为宣传战线的一名文艺工作者，肖明葵没有忘记自己的职责，他时时在捕捉时代的脉搏和建设者的剪影，定格中央施工企业的豪情与功业。如《中国梦舍我其谁》：步履铿锵/剑指苍穹/鹰击长空我翱翔……英雄豪情/我感我佩/中国梦舍我其谁……简洁的句式，豪放的风格，充满酒神精神的"大我"形象，既是讴歌建设者们的英雄业绩，也是抒发自我在大时代的豪情壮志，读之叹之，不觉有庄子逸志，太白遗风，实为朗诵诗的经典。再比如《贵广交响曲》是一首长诗，为庆贺贵广高铁通车而作，带有明显的纪实性。作者没有像诗歌大跃进时代的空洞抒情和笨拙叙事，而是将铁路建设置于中国梦的主旋律下，用一连串的比喻，来描写铁路的雄姿：擎向蓝天的百米双塔像高高的琴柱/铺向江面的斜拉钢杆像巨大的琴面/奔向远方的滚滚江水像波澜的音箱/飞向两岸的彩色桁架像弄弦的钢龙/在辽阔天地间拨动荡气回肠的奏鸣曲……同样，在歌颂建设者的精神风貌时，作者写道："四航人，铺天地为乐谱，修铁路为琴弦，营工地为琴键，筑情怀为弓弦，在铁路建设的雄伟天地里，用智慧和激情谱写乐章；用情怀和汗水，演奏出宏大磅礴的别样铁路交响曲。"诗人始终用一连串的比喻来避免写实的死板，同时讴歌了建设者视工作为音乐艺术的崭新精神风貌。

在当代诗歌史上，曾出现过诗歌大跃进的恶例。那时，大炼钢铁也好，农业高产也好，煤炭挖掘也好，天天放卫星，与之相适应的，是很多空洞叫嚣的所谓诗歌也在报刊连篇累牍地刊发，与其说是诗歌，不如说是政治口号。但有一点令人反思，时代需要诗歌，需要讽刺也需要颂赞，“美”“刺”是诗歌的两种功能，在个人情怀的抒写上，尽可以“刺”，但在家国情怀上，不能无视“美”。作为宣传战线上的一名诗人，作者眼中看到的是满满的正能量，为何要苛求他去传达消极的负能量呢？所以我认为作者是在给中央施工企业作“诗史”，也是城市化进程的宏大叙事。作者的这份敏感性也许开辟了一条诗歌题材的康庄大道，他将时代的主旋律与个人的艺术情怀及浪漫情愫有机地结合在一起，或许能引领一种诗歌方向，只是表达方式的选择不同而已，因而我鼓励作者朝这个方向继续努力。

想说的话太多，比如作者的古典文学修养、历史思维、禅宗思维，对《诗经》《楚辞》和《古诗十九首》的借鉴与化用，对毛泽东、郭沫若、徐志摩等现代诗人诗歌的模仿，还有题材的广泛性，体裁的多样化，情感的真挚，句式的灵动，等等等等，尚需专文论述，限于篇幅，在此不一一展开。

自古以来，国人追求“三不朽”，所谓立德、立言、立功。选择文学创作以立言，是延长生命的一种方式。在不太纯净的诗坛，葆有一颗纯洁的诗心才能真正让生命永恒。

肖明葵先生和王继秋女士虽然年纪比我稍小，但我们也算同时代长大的，受过相似的教育，彼此所思所想，都能相视莞尔，会心一笑。虽然他们所取得的成就远胜于我，但我更钦佩他们的情志、格调、胸怀与操守，也受益于他们的诗歌与诗歌中澎湃的激情，故作绝句二首，以跋于此：

抚掌兴亡扣热肠，仓皇且发少年狂。烟尽指端闲论罢，家国一例旧行藏。

旧事早随烟雨消，芸窗埋夜长寂寥。若个诗人樽前坐，吟罢明月吟海潮。

彭红卫

（作者为三峡大学教授、文学博士、硕士生导师、中国辞赋学会理事、国家社会科学研究基金项目“唐代律赋史”主持人、宜昌市诗词学会副会长、三峡大学品牌传播研究中心常务副主任）